배신 기사의 유쾌한 신의 5

초판 1쇄 발행 2023년 9월 12일

지은이 ㅣ 가언
발행인 ㅣ 최원영
편집장 ㅣ 이호준
편집 ㅣ 유석희 송영규 강진경
편집디자인 ㅣ 한방울
영업 ㅣ 김민원

펴낸곳 ㅣ ㈜ 디앤씨미디어
등록 ㅣ 2002년 4월 25일 제20-260호
주소 ㅣ 서울시 구로구 디지털로 26길 111 JnK디지털타워 503호
전화 ㅣ 02-333-2513(대표)
팩시밀리 ㅣ 02-333-2514
E-mail ㅣ seed_dnc@dncmedia.co.kr
블로그 ㅣ blog.naver.com/gnpdl7

ISBN 979-11-6145-558-7 04810
ISBN 979-11-6145-506-8 (SET)

※ 저자와 협의하여 인지는 붙이지 않습니다.
※ 이 책은 ㈜ 디앤씨미디어(시드북스)가 저작권자와의 계약에 따라 발행한 것으로 본사와 저자의 허락 없이는 어떠한 형태나 수단으로도 내용을 이용할 수 없습니다.

배신기사의 유쾌한 식의

가언 판타지 장편소설

SEEDBOOKS FANTASY NOVEL

1장. 나쁜 물은 들지 마 · 7

2장. 죽도록 괴롭히면 만사 해결 · 47

3장. 괴물 같은 인간들 · 95

4장. 필요 이상으로 용맹한 놈 · 145

5장. 특별히 귀여워해 줄 녀석 · 197

6장. 내가 왜 너랑? · 247

7장. 신은 공평하다 · 299

1장. 나쁜 물은 들지 마

나쁜 물은 들지 마

'까딱하다간 진짜 죽겠네.'

얼굴에 튄 피를 훔치며 아서는 정면을 노려보았다.

어느 순간 전장에 난입해 제 앞을 가로막은 사내가 시야 한가득 들어왔다.

올곧게 선 자세부터 빈틈이 전혀 느껴지지 않았다. 주변의 오합지졸들과는 기세부터가 달랐다.

일대일로 맞붙어도 승리를 장담하기 어려운 상대였다. 거기에 숱한 용병들까지 함께 견제하려니 매 순간 정신력이 쭉쭉 닳는 기분이었다.

아서가 슬슬 힘에 부쳐 한다는 것을 눈치챈 건지 사내가 쯧, 혀를 찼다.

"주인을 잘못 만나 고생하는군."

딱딱한 어조에 노골적인 연민이 배여 나왔다.

숨을 고르면서도 아서는 조소를 머금었다.

"그거 자기소개인가?"

"황궁의 도련님치고는 입이 험하군."

"진짜 입 험한 도련님을 못 봐서 그딴 소리가 나오지."

나오는 대로 지껄이면서도 어째 아렌트 같은 말을 해 버린 것 같아 기분이 찜찜해졌다.

하지만 쓸데없는 감상에 젖을 틈은 길게 주어지지 않았다.

아서는 옆에서 날아드는 검을 쳐 내고 단칼에 용병의 목을 베어 버렸다.

동료가 순식간에 목숨을 잃고 쓰러졌지만 용병들은 아랑곳하지 않고 시신을 밟으며 끊임없이 꾸역꾸역 밀려들었다.

라이오스는 이미 성 근처까지 나아간 것 같았고, 리히트는 어디까지 몰린 건지 보이지도 않았다.

'제기랄.'

검자루를 다잡은 아서는 검기를 일으켜 이쪽을 향해 달려드는 용병들을 한꺼번에 베어 버리고 언쟁하던 적을 향해 바닥을 박찼다.

채애앵!

다시금 두 자루의 검이 강하게 맞부딪혔다.

튕겨나가듯 뒤로 물러선 아서는 그 반동을 이용해 더욱

거세게 적을 몰아붙였다.

몇 번의 합이 오갔다.

눈앞의 적에 집중하던 아서는 본능적으로 느껴진 위협에 급히 고개를 확 숙였다. 뒤에서 불쑥 튀어나온 창이 뺨을 아슬아슬하게 스치고 지나갔.

자세가 흐트러진 틈을 타 정면에서 또다시 공격이 날아들었다.

"못 해 먹겠네, 진짜!"

결국 험한 말이 튀어나왔다.

창끝을 잘라 내 버린 아서는 고개를 확 숙여 공격을 피하고, 재차 쇄도하는 검을 막아 냈다.

카아앙!

검과 검이 부닥치며 거친 쇳소리가 공기를 찢었다. 바야흐로 힘겨루기를 시작한 두 사람은 서로를 강하게 밀어붙였다.

실력은 비등했지만, 숱한 적과 맞서 싸우는 아서가 당연히 불리한 상황이었다. 결국 아서가 한 걸음, 두 걸음 밀리기 시작했다.

이까지 악물었지만 버티는 게 고작이었다.

검 너머에서 침착한 목소리가 들려왔다.

"잘 버텼다. 그러니 이만 포기해. 아무도 그대를 비난하지 않을 것이다."

"……."

아셜는 대답하지 않았다.

"젊은 목숨이 아까워서 그런 것이다. 고작 셋이서 이성을 공략하는 것은 불가능해."

어린애 달래는 듯한 음성이 계속해서 이어지는 중에도 검은 마찰하며 끽, 끼긱 듣기 싫은 소리를 냈다.

"그대 단장의 강함은 익히 안다. 하지만 우리의 대장과 겨루는 것은 쉽지 않을 터."

"……."

"견습 기사 하나를 구하고자 함정임을 알면서도 여기까지 달려온 의기는 경의를 표할 만하나, 용기와 만용을 가르는 것은 행동의 결과겠지."

지금 기사들의 행동은 만용 그 이상, 그 이하도 아니라는 뜻이었다.

"항복하면 목숨만은 구할 수 있도록 힘써 주지."

"일단 한마디만 하겠는데."

하지만 아서의 입에서 나온 건 항복의 말도, 저주도 아닌 싸늘한 비웃음이었다.

"누가 세 명이랬냐?"

"……뭐?"

순간 그의 말을 이해하지 못한 듯, 멍한 대답이 돌아왔다.

묘한 쾌감이 드는 것을 굳이 억누르지 않고 입꼬리를

비튼 아서는 몸에서 힘을 빼고 적의 검을 옆으로 흘려 버렸다.

물론 호락호락하지 않은 적은 금세 침착함을 되찾고 아서의 움직임을 눈으로 쫓았으나…… 다음 순간.

푸욱.

엉뚱한 방향에서 날아든 검이 그의 심장을 꿰뚫었다.

"……!"

경악에 찬 얼굴에서 순식간에 생기가 사라졌다.

아서를 애먹이던 적은 그렇게 순식간에 절명해 쓰러지고 말았다. 갑작스러운 상황에 당황한 것은 주변의 용병들도 마찬가지였다.

"뭐, 뭐야?!"

"어디서 날아온 거야?"

사내를 쓰러뜨린 것은 남루한 로브를 뒤집어쓴 한 여성이었다.

"아서 경, 내가 너무 늦었나?"

"딱 맞게 오셨습니다. 감사합니다, 다이아나 단장님."

피 묻은 검을 털어 내며 다이아나가 씨익, 웃자 아서가 마주 미소 지었다.

동시에 다른 방향에서 비명이 터져 나왔다.

"으아아아악!"

"제기랄, 이놈들은 또 뭐야?"

그녀와 함께 숨어든 기사들이 행동을 개시한 거였다.

남루한 로브를 벗어 던진 헬렌이 검을 뽑아 들고 호령했다.

"악적들을 제압하라!"

"한 놈도 보내지 마!"

아서 한 명도 제대로 처리하지 못해 쩔쩔매던 용병들이었다.

동료들 사이에서 갑자기 존재감을 드러낸 기사들에게 제대로 대처할 수 있을 리 없었다.

부하들이 용병들을 매섭게 몰아붙이는 모습을 지켜보던 다이아나가 짧게 한숨을 내쉬었다.

"이런 방식은 썩 내키지 않지만…… 어쩔 수 없지. 고생했다, 아서 경."

"아닙니다. 응당 해야 할 일을 했을 뿐입니다."

아마 리히트 쪽도 이미 정리가 시작되었을 것이다.

아서는 제 발치에 쓰러진 시신을 힐끗 보았다.

"주인을 잘못 둔 게 아니라 후배를 잘못 둬서 고생하는 거지."

이 발칙한 작전 대부분은 빌어먹을 견습 기사 놈의 대가리에서 나온 거니까.

이 말을 들어야 할 놈이 이미 절명했다는 건 좀 안타까운 일이었다.

* * *

 검을 먼저 뽑은 것은 분명 아렌트 폰 에크하르트였다. 웨어울프는 그가 벌인 돌발 상황에 충동적으로 함께 움직인 듯했고.

 결국 서로 칼을 겨누게 될 거였다고 하더라도, 조금만 기다리면 라이오스가 금세 합류해 더 유리한 상황이 됐을 터.

 상식적으로 생각하면 무리하게 싸움을 시작할 이유는 없었을 텐데.

 상식…… 그래, 상식적으로 생각한다면.

 하지만 지금 보이는 광경은 도무지 상식 내의 상황이라고 설명할 수 있는 게 아니었다.

 성벽 아래에서는 용병들이 갑자기 나타난 정체불명의 세력에 속수무책으로 당하는 중이고, 지금 제 앞에는 라이오스 드 윈프리드가 바닥을 딛고 천천히 몸을 일으키고 있었다.

 검집에서 뽑힌 칼날 끝에서 채 마르지 않은 피가 뚝, 뚝 방울져 떨어졌다. 여기까지 오는 길에 숱한 적을 베어 냈다는 증거였다.

 "와…… 아무리 그래도 성벽을 기어서 올라오십니까?

원숭이도 아니고."

블레이크의 혼란스러운 정신 속에 아렌트의 질렸다는 목소리가 파고들었다.

라이오스 역시 담담하게 대답했다.

"상황이 급박해 보여서."

그제야 일련의 일들이 천천히 이해되기 시작했다.

단 세 명만 이곳으로 온다는 정보부터가 잘못되었다.

아렌트 폰 에크하르트가 무리임을 알면서도 억지로 싸움을 걸고, 전투 중에도 끊임없이 도발한 까닭은 다 자신의 시선을 끌려는 거였다.

황실 기사단이 은밀히 침투해 전투에 합류하는 것을 눈치채지 못하도록.

블레이크의 입술이 달싹였다.

"말도 안 돼."

조심성 많은 레베카조차도 이쪽으로 오는 적은 단 세 명뿐이라고 믿어 의심치 않고 있었다.

지금 이 순간에도 황궁을 감시하는 눈은 거두지 않은 채였다.

황실 기사단이 성문을 빠져나오는 낌새가 있었다면 레베카가 가장 먼저 알아차렸을 터.

그런데 어떻게…….

"야, 변태 가면 2호."

그런 생각을 짐작이라도 한 듯, 아예 바닥에 퍼질러 앉아 버린 아렌트가 피식 비웃음을 터뜨렸다.

"하루에 황궁 문을 들락날락하는 사람이 몇 명일 것 같냐?"

"뭐라고?"

"출퇴근하는 관리들, 시종, 시녀, 상인…… 하루에 못해도 백 명은 넘을걸."

레베카가 아무리 꼼꼼하다고 한들, 그들 하나하나의 신분을 파악하기란 불가능했다. 그 틈에 변장한 기사들을 섞어 황궁 밖으로 내보내는 건 그다지 어려운 일도 아니었다.

허를 제대로 찔렸다.

설마 황실 직속 기사들이 왈패 용병들이나 쓸 치사한 수법을 쓸 줄은 미처 예상치 못한 것이다.

"게다가 황궁을 뛰쳐나온 사람이 '그' 라이오스 단장이라고 하니, 별로 의심도 안 했겠지. 원래 그런 사람이니까."

세간에 퍼진 라이오스의 평판이 그랬다. 동료를 위해서는 위험도 무릅쓰는 사람, 자신의 목숨은 아끼지 않고 불의를 참지 않는 기사 중의 기사.

"도박장을 그렇게 털어 댔으니 아서 선배랑 리히트 선배의 얼굴은 이미 알려졌을 테고."

그 세 사람이 황궁에서 뛰쳐나와 이쪽으로 달려온다고 하니, 당연히 이목이 그들에게 끌릴 수밖에 없었다.

"물론 황실이 날 구출하는 데 회의적이라는 것도 그리 이상한 일은 아냐. 레베카 말대로, 나한텐 그만큼의 가치가 없거든."

이 까닭도 단순했다.

그가 '아렌트 폰 에크하르트', 황실 기사단의 둘도 없을 망종(亡種)이니까.

지금은 황태자와 허물없이 지낸다고는 하나, 그간 쌓아 온 악명이 하루아침에 사라질 리 없었다.

게다가 아렌트는 적진에 너무 깊숙이 발을 들였다. 그렇기에 위험을 감수하는 게 부담스러워 그를 버린다는 선택지도 분명히 설득력이 있었다.

그렇기에 레베카도 라이오스가 독단으로 움직인 거라 판단한 것이다. 그런데 설마 이렇게 빨리, 그것도 황실 기사단 전체가 쳐들어올 줄은.

"켄드릭 단장님은 저 늑대 놈의 고향으로 갔으니, 이미 그쪽도 정리가 끝났을 거야. 듣자 하니 치안대나 황궁 사람들이 얼쩡거리면 바로 마을을 밀어 버리라고 했다던데, 설마 산에 오르던 약초꾼이 변장한 기사인 줄은 꿈에도 몰랐겠지."

기사들을 따로 몰아넣어 각개 격파하자는 말을 꺼낸 사

람 역시 아렌트였다.

당시 청자는 분명 레베카였지만, 사실은 기사들을 향한 전언이었던 것이다.

아서와 리히트가 날뛰어 시선을 끌고, 그 틈에 섞여 든 기사들이 양쪽으로 흩어진 용병들을 박살 내라고.

뿌득.

가면 아래에서 이가 갈리는 소리가 노골적으로 들려왔다.

검을 꽉 쥔 블레이크가 라이오스를 노려보았다.

라이오스 역시 전투태세를 취하고 블레이크를 가만히 마주 보았다. 조금이라도 움직이면 곧장 달려들 태세였다.

저 애송이에게 완전히 놀아났다. 자신도, 그리고 레베카도.

모멸감에 몸이 덜덜 떨렸다.

검을 꽉 쥔 주먹에 핏줄이 솟았다.

상황을 뒤집을 방법은 없었다.

아서와 리히트를 상대하던 직속 부하들은 이미 숨졌을 터. 용병들은 결코 기사단을 이길 수 없고, 성 내부 역시 이미 장악당했을 게 뻔했다.

'레베카 역시 붙잡혔겠지.'

지금 여기에서 그가 라이오스를 쓰러트리고 아렌트를 죽여 봤자 의미 없는 짓이 될 것이다.

무엇보다 지원군이 이쪽으로 합류하면 불리해지는 건 다름 아닌 블레이크 쪽이었다.

 아렌트는 더 이상 싸울 수 없는 상태처럼 보였지만, 워렌과 라이오스에게는 아직 여력이 충분해 보였다. 저들을 단숨에 쓰러뜨리는 것은 아무리 자신이라고 해도 무리였다.

 고민은 그리 길지 않았다.

 검을 꽉 움켜잡은 블레이크는 기습적으로 아렌트를 향해 검을 휘둘렀다.

 워렌과 라이오스는 지체 없이 몸을 날려 그의 앞을 가로막았다.

 콰아아앙!

 라이오스의 검에 닿은 검격이 거센 폭풍과 함께 폭발했다. 바닥에 깔린 벽돌이 바스라지고 충격을 이기지 못한 벽에 쩌적, 금이 갔다.

 휘몰아치는 돌풍에 한 팔을 들어 얼굴을 방어했던 아렌트가 다시 고개를 들었을 때, 블레이크는 몸을 빙글 돌려 반대쪽으로 도망치고 있었다.

 "어딜!"

 라이오스 역시 그에 응수해 추격의 한 발을 뗐다.

 하지만 아렌트가 그의 옷깃을 덥석 붙잡았다.

 "냅둬요."

"뭐?"

당황해 뒤를 돌아본 라이오스는 곧 정신을 차리고 급히 블레이크가 있던 곳을 확인했다. 하지만 그는 이미 홀연히 자취를 감춘 뒤였다.

그제야 아렌트는 라이오스를 잡은 손아귀에 힘을 풀었다.

어째서 붙잡은 거냐고 따져 물으려던 단장은 부하의 낯을 보고 멈칫 입을 다물 수밖에 없었다.

적이 사라진 자리를 응시하며, 아렌트가 비릿한 미소를 지은 탓이었다.

"쟤가 작정하고 튀면 못 잡아요. 빈센트 때도 그랬고."

"……."

"그리고 어차피 저쪽이 올 테니 굳이 힘 뺄 필요도 없고요. 대충 어떻게 움직일지는 보이니까 이 밤중에 땀 흘리지 말자고요."

대충 어떻게 움직일지 보인다…… 라.

블레이크 정도 되는 강자에게 할 수 있는 말은 아닌 것 같았다.

하지만 거기에 대고 뭐라 더 첨언하기 껄끄러운 까닭은, 발화자가 아렌트인 탓이었다.

강적을 두고 제 손바닥 위에 있다는 것처럼 말하는 오만함도, 단장에게 명령조로 말하는 듯한 건방짐조차도

나쁜 물은 들지 마 〈21〉

이 녀석이라는 이유만으로 대부분 설명된다.

이럴 때의 아렌트는 결코 허튼 소리를 하지 않는다.

블레이크가 도주를 선택한 순간, 분명 머릿속으로 새로운 그림을 그리기 시작한 것일 터.

"……알았다."

결국 단념한 라이오스는 검을 갈무리하고, 대신 아렌트에게 한 걸음 가까이 다가가 손을 뻗어 주었다.

"괜찮나?"

"괜찮아 보이십니까?"

라이오스가 뻗은 손은 매섭게 내쳐졌다.

그 반응을 익히 예상했다는 듯 한 걸음 물러선 단장이 다음 질문을 꺼냈다.

"어디 다친 곳은."

"많아요. 부딪치고 터지고 난리 났습니다. 뼈도 부러진 것 같고."

"성질부리는 걸 보니 다행히 큰 문제는 없는 것 같군."

"너희 둘 뭐 하나?"

서로 할 말만 해 대는 두 사람을 황당하게 보던 워렌이 결국 참지 못하고 한마디 던졌다.

쯧, 혀를 찬 아렌트는 비척비척 자리에서 몸을 일으켜 세웠다.

"시간은 충분했죠? 다른 문제는 없었습니까?"

"충분했다."

아렌트가 몸을 내던지는 모험을 한 덕에 애당초 목적이었던 시간 끌기는 충분히 달성할 수 있었다. 두 사람이 블레이크를 물고 늘어지지 않았더라면 기사단이 몰래 용병들 틈에 섞이는 것도 불가능했을 터였다.

너덜너덜해진 부하를 보던 라이오스가 크게 한숨을 내쉬었다.

이번 일도 아렌트 머리에서 나온 작전답게 처음부터 끝까지 요란스러웠다.

상단과 시종의 협조를 구하는 것부터가 상당한 모험이었다.

노이만 상단에 부탁해 믿을 만하고 적당히 덩치가 있는 사람들을 황궁에 들인 뒤, 기사들을 그들과 바꿔치기했다.

기사들은 상인으로 위장해 성 밖으로 나갔고, 상인들은 기사인 척 제복을 입고 생활관에 머무른 것이다.

황실 기사단 생활관이 텅 비어 있다는 걸 적들이 눈치채면 곤란하다는 이유에서였다.

당연히 기사들은 반발했다.

외부인은 드나들 수 없는 생활관에 상인이며 시종을 며칠간 머무르게 한다는 점에서 그랬고, 정정당당한 전쟁이 아니라 뒤에서 습격하는 형태의 전투라는 점에서도 불만을 토로했다.

 물론 단장들이 다독인다면 금세 없어질 불만이었지만, 의외로 앞으로 나서서 기사들의 입을 다물게 한 것은 2기사단의 헬렌과 1기사단의 벤자민이었다.

"황제 폐하와 루체 신의 대적자들을 베는 데 우리들의 깨끗함이 뭐가 중요합니까?"

 작전을 꺼리는 기사들에게 그리 일갈하는 헬렌을 보며, 다이아나와 켄드릭은 뒤에서 조용히 박수를 쳤다.
"다이아나 경, 헬렌 경이 아렌트 경에게 크게 감명받은 것 같은데."
"나쁜 물은 들지 않았으면 좋겠습니다만……."
 켄드릭과 다이아나 사이에 이런 대화가 오갔다는 건, 아마 헬렌은 영원히 모를 일이었다.
 벤자민 역시 1기사단을 설득하는 데 한몫했다. 막내가 이리저리 뛰어다니니 선배들로서는 호응해 주지 않을 도리가 없었던 것이다.
 1, 2기사단이 실랑이하는 동안, 진즉 출격 준비를 마친 3기사단은 이미 상인들과 옷을 바꿔 입고 그들이 메고 있던 짐까지 어깨에 짊어진 뒤였다는 건 두말할 것도 없었고.

라이오스는 워렌 쪽으로 시선을 주었다.

"마을 역시 무사하다. 1기사단 단장님이 직접 출격해 그곳에 주둔하던 용병들을 모두 제압하는 데 성공하셨다더군."

물론 그 과정도 꽤 험난했다.

켄드릭은 부하들의 엉덩이를 걷어차 가며 제법 먼 거리를 단 이틀 만에 주파해 내는 쾌거를 이루었다. 황실 기사단이 자랑하는 명마들이 완전히 지쳐 쭉 뻗을 정도의 강행군이었으니 말 다한 셈이었다.

잠시 눈동자를 내리깐 워렌이 곧 천천히 숨을 내뱉으며 고개를 숙였다.

"……마음 써 줘서 고맙다."

"이쪽이야말로."

라이오스는 긴 말 하는 대신 격려하듯 워렌의 어깨를 툭 두드려 주었다.

잠시 멍하니 있던 워렌이 그 작은 격려의 의미를 알아차리고는 피식 헛웃음을 흘렸다. 감당하기 힘든 저 견습 기사와 합을 맞춰 줘서 감사하다는 뜻이겠지.

그런 두 사람의 모습을 물끄러미 지켜보던 아렌트가 화제를 돌려 버렸다.

"일단 내려가죠. 보아하니 아래쪽은 금방 정리될 것 같고, 레베카부터 찾아야죠."

"넌 그냥 쉬고 있어라."
"됐습니다."
단칼에 거절한 아렌트는 대답을 기다리지도 않고 휘적휘적 걸음을 옮겨 한발 먼저 계단으로 내려가 버렸다.

* * *

아렌트와 워렌이 한 개고생이 꽤 보람 있었는지, 내부 역시 밀고 들어온 기사들에게 장악당한 뒤였다.
"완전 빈집 털이가 따로 없네요."
"……제발 그런 식으로 말하지 마라."
"왜요. 딱히 틀린 말도 아니잖습니까. 라이오스 단장이 직접 온다는 말에 온 병력이 다 밖에서 전투태세였을 텐데."
주변을 둘러보면서 아렌트가 시큰둥하게 말했다.
그 말대로 성안에 남아 있던 건 비전투원인 사용인들과 레베카 주위를 지킬 최소한의 호위 인원뿐이었다.
"이런 단순한 작전에 속아 넘어간 쪽이 바보지."
"……."
글쎄, 과연 이걸 단순한 작전이라고 말할 수 있을까.
적진 한가운데에서 이목을 끌며 활개 치는 미친 짓거리는 너만 가능한 일이라고 한마디 하고 싶었지만, 라이오스는 꾹 참아 냈다.

워렌 역시 같은 생각인지 떨떠름한 얼굴이었다. 그간 당한 게 워낙 많았으니 섣불리 입을 열지는 않았지만.

그런 시답잖은 대화를 나누고 있는데, 마침 라이오스를 발견한 글렌이 허겁지겁 이쪽으로 달려왔다.

"단장님! 어라, 아렌트. 안 죽고 살아 있었냐?"

"그래서 불만이십니까?"

"그래, 불만스러워 미치겠다. 아니, 그게 아니라."

선후배 간의 훈훈한 덕담을 주고받던 글렌이 퍼뜩 정신을 차리고 다시 라이오스를 향해 똑바로 섰다.

"이미 내부는 장악했습니다. 버티던 용병들과 직원들도 투항했고요. 그런데 레베카로 추정되는 여성은 발견하지 못했습니다."

"뭐?"

라이오스가 미간을 찌푸렸다.

"설마 도망쳤나?"

"돌입하자마자 도주로를 차단했으니 그럴 가능성은 거의 없을 겁니다. 게다가 전투 능력도 거의 없다면서요. 혹시 사용인들 틈에 섞여 있는지도……."

"아마 그건 아닐 거다."

그때, 워렌이 글렌의 말을 뚝 끊었다.

"성 내부는 모두 샅샅이 수색했나?"

"어어, 일단은. 그쪽이 접근하지 못한다던 뒷문 쪽도

확인했다."

"짚이는 곳이 있다."

워렌은 라이오스와 아렌트 쪽을 힐끗 곁눈질했다.

"일단 몇 명만 데리고 따라오도록."

"그러지."

웨어울프의 담담한 얼굴을 잠깐 응시하던 라이오스가 고개를 끄덕였다.

워렌은 앞장서서 걷기 시작했다.

남은 용병들을 제압하고 이리저리 뛰어다니며 증거품을 확보하던 기사들은 라이오스를 발견하고는 급히 고개를 숙였다가, 그 뒤를 따라가는 아렌트를 보고는 눈을 동그랗게 떴다.

"살아 있었냐? 진즉 죽은 줄 알았더니."

"얼굴 꼴 보아하니 툭 치면 죽겠는데? 왜 돌아다니고 있냐? 어디 처박혀 있을 것이지."

"아깝게 됐지 뭡니까. 황실 기사단보다 녹봉 더 많이 준다고 하면 이적할 생각도 충분했는데."

지나가며 한마디씩 툭툭 던지는 선배들에게 아렌트가 손을 휘휘 내저어 주었다.

"……황실 기사단은 무사해서 다행이라는 말을 저런 식으로 하나?"

"미안하군. 다들 철이 없어서."

워렌이 어이없이 중얼거리는 말에 라이오스가 어색하게 대답했다.

얼마 전까지는 이러지 않았던 것 같은데.

역시 누구누구의 악영향이 너무나도 심각했다.

피식 웃음을 흘린 워렌은 다시 입을 다물고 걷는 데 집중했다.

몇 걸음 떨어진 곳에서 글렌과 실랑이하던 아렌트는 워렌 쪽을 힐끔 곁눈질하고는 살짝 미간을 찌푸렸다.

워렌이 그들을 안내한 곳은 숨겨진 뒷문 쪽이었다. 이미 기사들이 한바탕 뒤집어엎었는지 잠겼던 문짝은 부서진 채로 활짝 열려 있었다.

문 너머에는 작은 책상과 의자, 그리고 거의 빈 책꽂이 하나만이 놓인 작은 방이 있었다.

워렌은 조금의 주저도 없이 성큼성큼 안으로 들어갔다.

"그녀의 냄새가 나."

이 난리통에도 여전히 향기가 남아 있다는 건 레베카가 바로 얼마 전까지 이 공간에 있었다는 뜻이었다.

스윽.

워렌의 발걸음이 다시 떨어졌다. 그는 무언가에 홀리기라도 한 것처럼 작은 방 안을 천천히 맴돌기 시작했다. 일행은 저도 모르게 숨을 죽이고 그런 움직임을 가만히 눈으로 쫓기만 했다.

그리고 잠시 후, 아무것도 없는 벽 앞에서 걸음을 멈췄다.

"여기군."

주먹을 불끈 쥔 워렌이 벽을 강하게 내리쳤다.

쿠우웅!

텅 빈 울림이 먹먹하게 방을 채웠다.

워렌은 다시금 벽을 강타했다.

그게 몇 번 반복되자 새하얀 벽이 쩌적, 갈라지기 시작했다.

그리고 마침내 워렌의 주먹이 세 번째로 벽을 때린 순간, 콰앙! 굉음을 내며 두꺼운 벽이 뜯겨 나가고 숨겨진 계단이 모습을 드러냈다.

고작 초 몇 개가 일렁일 뿐인 어두운 공간을, 워렌은 복잡한 눈으로 바라보았다.

지금까지 그저 물끄러미 지켜보던 아렌트가 툭 내뱉었다.

"레베카가 있어?"

"있다. ……이 아래에."

하지만 이미, 라는 말을 미처 워렌이 꺼내기도 전, 아렌트는 그를 지나쳐 누구보다 먼저 계단에 발을 들였다.

누구도 먼저 입을 열지 않은 탓에 저벅저벅, 좁은 계단을 내려가는 발소리만이 가득했다. 점점 아래로 향할수록 기사들의 코에도 은근한 혈향이 스며들기 시작했다.

그리고 마침내 계단의 끝에 다다랐을 때, 글렌은 그만

짧은 신음을 흘리고 말았다.

모두를 반긴 것은 또 다른 공간으로 통하는 커다란 문이었다. 횃불을 든 조각상이 문 양옆에 굳건히 서서 입구를 지켰고, 레베카는 바로 그 앞에 쓰러져 있었다.

배에 스스로 단도를 꽂아 넣은 채.

이미 숨이 끊어진 것 같았다.

자신이 쏟아 낸 피 웅덩이에 몸을 뉘인 모습은 마치 신의 제단에 바쳐진 가련한 제물처럼 보였다.

가장 먼저 움직임을 보인 건 워렌이었다. 그는 쓰러진 레베카를 향해 한 발짝, 두 발짝 다가갔다.

찰박.

그의 발이 피 웅덩이에 닿자 작은 파동이 일었다.

워렌은 그대로 몸을 숙여 그녀 앞에 무릎 꿇었다.

영원히 잠든 레베카의 낯은 그 어떤 고통이나 절망도 없이 평안하기만 했다.

잠깐 망설이던 워렌은 그녀의 뺨을 조심스럽게 쓸어 보았다.

차가웠다.

정말로 모든 게 끝난 것이다.

참 오랫동안 연인으로, 그리고 노예로 그녀에게 붙잡힌 채 살아왔다. 지나온 세월만큼 고통받고 미워했지만, 동시에 무리를 원하는 본능을 충족시키며 그 구속에 안주

했던 것도 사실이었다.

 도망치지도 못하고, 모든 것을 포기해 버렸던 것은 그녀가 준 일말의 안정감 때문이었다.

 "……잘 가라."

 짧은 작별 인사를 고한 뒤 워렌은 레베카의 시신을 안아 들어 구석으로 옮겨 두었다. 그러고는 겉옷을 벗어 차게 식은 몸을 덮어 주었다.

 다시 몸을 일으켜 세운 그는 자신을 가만히 지켜보던 아렌트와 눈이 마주치고 말았다.

 아렌트가 담담하게 물었다.

 "끝났어?"

 "그래, 고맙다."

 아마 저 녀석은 제 심란한 마음까지도 충분히 짐작했으리란 생각이 들었다. 그러니 조용히 기다려 준 거겠지.

 워렌이 짧게 감사를 전하자 어깨를 으쓱하는 것으로 화답한 아렌트는 다시 문 쪽으로 시선을 옮겼다.

 "아무래도 제대로 찾은 것 같네요."

 돌을 깎아 화려하게 제작된 문에는 지금까지 몇 번이나 본 문양이 새겨져 있었다.

 하나의 심장을 꿰뚫은 세 개의 검.

 그리고 그 검을 타고 기어오르는 뱀.

 '부서진 심장의 검'이 사용하는 상징물이었다.

아렌트는 문을 손으로 밀어 보았다. 그러자 꿈쩍도 하지 않을 것 같던 문이 조금 움직였다.
"안 잠겨 있나?"
"레베카가 죽기 직전에 열어 둔 것 아닐까요."
라이오스의 물음에 그런 대꾸를 내어놓았다.
곁에서 글렌이 고개를 모로 기울였다.
"어째서? 숨기려면 잠궈 버리는 게 보통이잖아."
"어차피 숨길 수도 없다고 생각했겠죠. 수색을 계속하다 보면 이 공간도 곧 발견됐을 테고."
불한당들이 문을 박살 내고 이 안에 입성하는 꼴을 신에게 보일 바에야, 차라리 문을 열어 둬 환대하는 편이 낫다고 여겼을지도 몰랐다.
손에 힘을 조금 더 주자 소리를 내며 육중한 문이 움직이더니 천천히 열리기 시작했다. 그리고 곧 모습을 드러낸 공간에 일행은 잠시 할 말을 잃어버리고 말았다.
벽에 매달린 은촛대가 내부를 은은하게 비췄고, 돔 형태의 둥근 벽면은 어디 하나 빈 곳 없이 아름다운 조각과 벽화로 가득 차 있었다.
바닥에 깔린 흑백의 타일이 만들어 낸, 공간의 중심부로 향하는 화려한 소용돌이 모양의 중앙에는 검은 암석으로 만들어진 석상이 우뚝 서 있었다.
"이건……."

글렌이 저도 모르게 입술을 달싹였다.

처음 보는 양식의 건물이었지만 이곳의 용도가 무엇인지는 단박에 알아차릴 수 있었다.

신전.

고대에 빛의 영웅에게 패배하고 세상에서 지워진 악신의 보금자리였다.

가장 먼저 움직인 사람은 이번에도 아렌트였다. 그가 신전 안쪽을 향해 발을 떼자, 라이오스가 그를 제치고 가장 먼저 내부로 들어갔다.

"이 불도 레베카가 밝혀 둔 것 같군."

세상을 등지게 된 신자가 자신의 신에게 보일 수 있는 최선의 예우였다.

그녀는 자신의 성이 함락당하기 직전이라는 것을 알아차리자마자 이곳으로 달려와 신전에 불을 밝히고 잠금을 해제한 것이다.

섬뜩할 정도로 경건한 신앙이었다.

아렌트는 신상을 향해 똑바로 다가갔다. 그리 낯선 모습이 아니었다.

"루체 신과 닮았네요."

작은 중얼거림에 라이오스와 글렌의 시선이 신상의 얼굴로 향했다.

윤기 나는 검은색을 띤 신상은 마치 어둠의 한 조각을

뚝 떼어 만들어 낸 것 같았다. 중성적인 모습에, 발끝까지 흘러내리는 머리칼은 루체 신과 마치 쌍둥이처럼 닮아 있었다.

하지만 그렇다고 해서 완전히 같은 것은 아니었다.

눈을 크게 뜨고 세상을 자애롭게 굽어보는 빛의 신과는 달리, 체르니온은 두 눈을 감고 가만히 하늘을 올려다보는 모양새였다.

루체가 검을 쥐고 있던 손은 포개져 가슴팍 위에 올라가 있었고, 구불구불한 곱슬머리 대신 차분히 가라앉은 머리칼이 어깨와 등을 타고 흘러내렸다.

생기와 힘이 느껴지는 루체와는 달리 체르니온은 정적이고 고요한 느낌이었다.

신상을 멍하니 올려다보던 아렌트는 시선을 천장 쪽으로 옮겼다.

밤하늘을 옮겨 담은 것 같은 화려한 천장화가 보였다.

금박으로 치장된 별과 달, 그리고 새카만 하늘. 루체 신의 신전과 완벽하게 대비되는 모습이었다.

어딜 가든 화려한 창문이 있고 푸른 하늘에서 햇빛이 쏟아지는 신전과, 빛 한 점 들지 않는 깊은 지하에서 밤하늘에 둘러싸인 이곳.

아렌트는 저도 모르게 신상에 한 걸음 가까이 다가갔다.

어째서인지 그래야 할 것 같은 기분이 든 탓이었다.

"아렌트? 뭐 문제라도 있나?"

라이오스가 의아하게 부르는 목소리도 대충 흘려버렸다.

누군가가 지켜보는 시선이 강렬하게 느껴졌다. 상대가 누구인지도 본능적으로 깨달았다.

눈앞에 보이는 체르니온 신상은 여전히 천장에 새겨진 밤하늘을 향해 고개를 들고 있었지만, 그 너머의 존재가 자신을 부르고 있었다.

무심코 뻗은 손이 신상에 닿았다.

그 순간, 누군가의 먹먹한 음성이 머릿속을 파고들었다.

- 그대로군.

흠칫하며 뒤로 물러서서 주변을 둘러보았다.

함께 있던 동료들은 어디로 갔는지 사라지고 없고, 사위는 짙은 어둠에 잠겨 있었다.

- 흐름에서 벗어난 아이야.

다음 순간, 목소리가 다시 들려와 아렌트는 저도 모르게 다시 석상 쪽으로 시선을 주었다.

- 네가 이곳에서 뭘 어쩌겠다고?

마치 어둠의 한 조각처럼 조용히 선 채, 체르니온이 읊조렸다. 언제부턴가, 허공을 응시하던 석상이 고개만을 살짝 움직여 이쪽을 내려다보고 있었다.

그 눈과 마주치자, 미지의 존재에게 가진 본능적인 거

부감이 속에서 꿈틀거렸다. 차마 말로 설명할 수 없는 거대한 존재감과 함께 자신을 속박하려는 노골적인 의지가 느껴졌다.

손끝이 저려 오고 등줄기가 서늘해졌다.

마치 고양이 앞의 쥐가 된 기분이었지만…… 그에 맞서듯 주먹을 꽉 쥐었다.

"내가 뭘 어쩌든."

강한 압박감을 뚫고, 움직이지 않으려는 입술을 억지로 뗐다.

이 정도는 아무것도 아니었다.

생전 처음 무대에 섰을 때 느꼈던 숱한 시선과 숨쉬기도 힘든 긴장감에 비하면.

눈을 치뜨고 석상의 모습을 빌린 신을 똑바로 쏘아보았다.

"관객이면 관객답게 얌전히 구경이나 해. 그쪽이 참견할 일 아니니까."

냉기가 뚝뚝 떨어지는 음성이 새카만 공간을 채웠다.

이쪽을 바라보는 신상의 아름다운 얼굴이 놀란 듯 얼굴을 찌푸렸다.

그리고, 다음 순간. ……몸이 튕겨 나가는 것 같은 감각과 함께 의식이 현실로 돌아왔다.

"아렌트!"

라이오스의 딱딱하게 굳은 얼굴이 시야 한가득 들어왔다.

멀뚱히 눈을 끔뻑이던 아렌트는 자신이 단장에게 반쯤 기댄 채라는 것을 한 박자 늦게 깨달았다. 그가 붙잡아 주지 않았더라면 그대로 바닥에 주저앉아 버렸을 게 뻔한 모양새였다.

멍청하게 눈을 깜빡이던 아렌트는 아무렇지도 않게 다시 몸의 균형을 잡았다.

"와, 씨. 깜짝이야."

"괜찮은 거 맞나? 얼굴이 엉망이군."

"잠깐 어지러웠을 뿐입니다."

걱정스레 물어 오는 그의 손을 탁, 떨쳐 낸 아렌트가 옷매무새를 다듬었다.

"그리고 아까 말했잖습니까. 안 괜찮다고."

"그러게 쉬라고 말했잖아."

"제 마음입니다."

라이오스가 다시 입을 열려고 했지만 아렌트는 딱 잘라 그의 입을 막아 버렸다.

"에이, 씨. 여기 있는 동안 거의 잠을 못 잤더니. 저는 쉬러 가겠습니다. 여기까지 굴렀으면 제 할 몫은 다한 것 같고."

보란 듯이 하품을 쩍, 한 아렌트는 몸을 빙글 돌려 휘적휘적 신전 밖으로 나가 버렸다.

딱딱하게 굳은 낯으로 잠시 아렌트의 뒷모습을 응시하

던 라이오스가 한숨을 푹, 내쉬었다.

어차피 이 신전에서 더 살필 수 있는 건 없어 보였다.

체르니온의 석상을 한 번 더 돌아본 라이오스는 남은 두 사람에게 짧게 명령했다.

"우리도 올라가서 다른 이들과 합류하자. 세부적인 조사는 나중에 해야겠군."

* * *

아렌트는 제가 갇혀 있던 객실에 처박혀 버리고, 기사들은 뒤처리에 전념했다.

기사들이 들이닥치기 직전, 레베카는 도피하는 것 대신 증거를 인멸하는 쪽을 선택한 듯했다.

중요한 서류 대부분은 이미 불에 탄 채 잿더미가 되어 있었고, 몇 개 건진 것들마저도 암호로 작성되어 있어 해독하려면 꽤 시간이 걸릴 듯했다.

일단은 남은 서류를 모조리 끌어모으고 신전 역시 샅샅이 수색했다.

하지만 거기에서 더 건질 수 있는 것은 없었다.

악신의 교리나 경전에 대한 기록이 나오길 기대했지만, 아무래도 그것들 역시 레베카가 이미 태워 버렸는지 흔적을 찾을 수 없었다.

그다음으로 주목받은 것은 생포당한 용병들이었다.

임시로 지하 감옥에 가둬 둔 그들은, 처음에는 루체 신과 황실 기사단에 저주를 퍼붓느라 정신없었다.

하지만 얼마 후.

"당신들은 뭔데 우릴 가둬 두는 거요!"

악을 쓰는 건 여전했지만, 어느 순간부터 내용이 바뀌어 있었다.

자신들을 감옥에 처박은 황실 기사단을 알아보지 못하는 것은 물론, 함께 갇힌 동료들과도 서로 초면처럼 굴어대기 시작한 것이다.

"또 이 꼴이야. 기억이 날아갔어."

감옥 안에서 날뛰는 그들을 보며, 다이아나가 착잡하게 중얼거렸다.

이런 일이 처음도 아니었지만, 직접 이 기이한 광경을 실시간으로 목격하니 마음 한편이 섬뜩해지는 것은 어쩔 수 없었다.

"이것도 아티팩트의 힘이라고 했던가?"

"예, 아렌트가 그리 이야기했습니다. 아직 확인은 안 된 사실입니다만."

"확실하겠지. 골치 아픈 놈이긴 해도 없는 말을 지껄이는 녀석은 아니잖아."

라이오스의 대답에 다이아나가 담백하게 대답했다.

"작전이 실패했다는 판단을 내리자마자 가차없이 기억을 소거해 버리는 건가?"

"한 명이 도주했습니다. 아마 그가 복귀해 상부에 상황을 알렸을 겁니다. 아니면 레베카가 자결하기 전에 직접 보고했을지도 모르고요."

결국 저들에게서 알아낼 수 있는 건 없다는 뜻이었다.

"일단 황궁으로 압송해서 지켜보는 건 어떻습니까?"

"동의해. 혹여나 기억이 돌아올지도 모를 일이고."

지금까지의 경우로 미루어 보아, 그리 가능성이 크지는 않겠지만.

소란을 피우며 철창에 머리를 찧기도 하고, 악을 써 대는 용병들을 보는 두 단장의 얼굴에 심란함이 깃들었다.

신도들은 기억을 제거당하면서 이성과 지능 일부에도 영향을 받는 듯했다.

이들은 그것을 알고서도 기꺼이 악신에게 투신한 거겠지.

"요즈음…… 가끔 아렌트가 옳았다는 생각을 합니다."

"응?"

라이오스가 갑작스레 꺼낸 화두에 다이아나가 그를 보았다. 용병들에게서 시선을 떼지 않으며, 젊은 기사단장은 담담히 말을 이었다.

"그 녀석은 명예로운 죽음은 개죽음일 뿐이란 말을 자

주 하니까요."

"하여튼 불경한 놈이라니까."

다이아나가 짧게 투덜거렸지만 그 이상의 말은 하지 않았다.

아렌트가 신에게 기도하지 않는다는 건 모두가 아는 사실이었다.

하나하나 세기도 힘들 정도로 많은 놈의 단점 중 하나일 뿐이라 평소에는 그다지 주목받지도 못하는 사실이었다.

황가에 목숨을 바쳐 충성한다는 기사들의 긍지 높은 맹세에도 아렌트는 콧방귀나 뀔 뿐이었다. 특유의 시큰둥한 어조로 빈정거리고 얄밉게 쏘아붙여 대는 놈은, 언제나 제 방식대로 해결책을 찾아왔다.

상대방도 아군도 바보로 만들어 버리고, 명예나 긍지 같은 것은 추호도 찾아볼 수 없는 우스꽝스럽고 요란한 방식들로.

재미있는 건, 그때마다 선봉에 서는 건 언제나 그놈이라는 거였다.

'아렌트 눈에는 이 용병들과 기사들이 별반 차이가 없어 보였던 걸지도.'

제 기억, 제 온전한 정신까지 바쳐 가며 비밀을 지켜 내는 이들의 신앙과, 꼿꼿하게 허리를 편 채 언제든 명예로운 죽음을 맞이해도 후회 없다고 말하는 기사들의 긍지.

이 둘은 어쩌면 비슷한 형태의 허상일지도 몰랐다.

"무슨 생각해, 라이오스 경?"

"아닙니다. 아무것도."

라이오스는 고개를 가로저었다.

놈이 전부 옳다고는 죽었다 깨어나도 말하지 못할 테지.

때로는 목숨보다도 중요한 게 있기 마련이었다.

라이오스는 그것을 부정하고 싶지 않았고, 부정할 수도 없었다.

평생 그렇게 살아왔으니까.

'그리고……'

늘 상상을 초월하는 기행으로 뒷목을 잡게 만들지만, 자세히 들여다보면 놈의 행동 패턴에도 변하지 않는 한 가지 규칙이 있었다.

최소한의 피해로 목적을 달성하는 것.

어쩔 수 없이 피해를 감수해야 한다면, 그것을 온전히 자신의 몫으로 뒤집어쓰는 게 바로 아렌트라는 놈이었다.

놈의 그런 나쁜 습관과, 아렌트가 말하는 라이오스 자신의 고리타분한 이타주의가 같은 약점을 가진 거라면…… 그렇다고 한다면.

지금껏 아렌트가 기사단을 질질 끌고서 모두에게 이로운 결과를 끌어냈으니, 자신 역시 자신의 방식대로 그 건방진 녀석을 보조해야 했다.

그 과정에서 책임을 모두 뒤집어쓰는 일이 생기더라도.

"뭘 그리 고민하는지는 모르겠지만."

상념에 빠진 젊은 단장의 의식을 끌어올린 것은 다이아나의 웃음기 어린 한마디였다.

"부디 나쁜 물은 들지 마, 라이오스 경."

"예?"

"이미 3기사단은 글러 먹은 것 같기도 하지만."

피식 웃음을 터뜨린 다이아나가 제복 주머니에 손을 찔러 넣었다.

"틀에 박히지 않은 사고방식은 방탕한 어린애들의 특권이지. 게다가 놈은 진짜 어린애도 아니고, 제 잇속과 안전은 충분히 챙길 수 있는 녀석이라는 거 알잖아."

"아……."

"그리고 그 녀석이 감당 못 할 정도로 일이 커지면, 그때야말로 어른이 나설 때인 거지."

놈이 감당 못 할 일이란 게 있을지는 모르겠지만, 하고 다이아나가 투덜거리듯 덧붙였다.

"어쨌든 이제부터 정말 일이 복잡해질 거야. 그리고 3기사단의 견습 기사는 이번에야말로 악신교의 적으로 낙인찍혔겠지."

어쩌면 악신교 내에서는 황실과 황실 기사단 전체보다, 아렌트 폰 에크하르트의 악명이 더욱 높아졌을지도 모를 일이었다.

"그리고 분명히 그놈의 직속상관인 네게도 화살이 돌아갈 거야."

"각오하고 있습니다."

라이오스가 굳게 고개를 끄덕였다.

"무슨 일이 있더라도, 선봉은 제가 설 것입니다."

그래야 말썽꾸러기 견습 기사가 지게 될 짐이 조금이라도 덜어질 테니까.

그런 결의를 읽어 낸 다이아나가 피식 웃음을 터뜨렸다.

"이 선배한테도 공을 세울 기회를 좀 나눠 주면 좋겠어. 전부터 고작 견습밖에 안 되는 애송이한테 밀려나는 것 같아 기분이 별로였거든."

"그렇게 하겠습니다."

라이오스의 입가에도 희미한 미소가 번졌다.

왠지, 아렌트와 닮아 보이는 미소가.

2장. 죽도록 괴롭히면 만사 해결

죽도록 괴롭히면 만사 해결

 진득한 어둠이 유난히도 숨 막히게 느껴지는 건 아마 자신의 죄악감 때문일 터였다.
 무릎을 꿇은 블레이크는 차마 숨을 크게 쉴 엄두조차 내지 못했다.
 그야, 자신은 임무에 실패하고 도망쳐 나온 대역 죄인이니.
 그 어떤 변명도 할 수 없었고, 애초에 하고 싶지도 않았다. 그 모든 것은 자신의 실책이었으니까.
 레베카가 잡혀 온 아렌트를 그 즉시 죽이지 않았던 시점에서, 그리고 지원 요청을 받아 그곳으로 직접 향했던 자신이 레베카의 결정을 의심 없이 받아들인 시점에서 이번 일의 실패는 결정된 셈이었다.

결국 레베카와 그녀의 자산, 그리고 다수의 신도들을 잃어버리게 되었다.

"괜찮단다. 네 잘못이 아니야."

어둠 속 맞은편에서 나긋나긋한 목소리가 들려왔다.

블레이크는 더더욱 고개를 조아렸다.

"저의 실책입니다."

"아니야, 살아서 돌아왔으니 되었어."

여성은 조용히 블레이크를 달랬다. 그제야 블레이크는 몸에서 천천히 힘을 뺄 수 있었다.

그의 호흡이 안정을 찾은 것을 확인한 그녀가 작게 웃음 지었다.

"그나저나…… 그 어린애는 항상 나를 당황하게 하는구나. 설마 이런 식으로 한 방 먹을 줄은 몰랐는데."

"……송구합니다."

블레이크는 다시금 고개를 조아렸다.

그 어린애라 함은 당연히 아렌트 폰 에크하르트를 일컫는 말이었다. 하늘에서 갑자기 뚝 떨어진 것 같은 자신들의 적.

"직접 대면해 보니 어때? 늘 고대했잖아. 빈센트의 적을 처리하는 그날을."

"그 청년은……."

블레이크는 잠깐 망설였다. 그를 어떻게 정의 내려야

할지 선뜻 판단이 서지 않은 탓이었다.

여인의 목소리가 블레이크를 부드럽게 재촉했다.

"그는?"

"……지략가입니다. 하지만 이 정도 단어로는 부족할 것 같습니다."

한참 동안 단어를 고르고서야 블레이크는 답을 내어놓을 수 있었다.

"자신을 비롯한 아군을 적재적소에 배치하는 데에 능한 듯합니다. 남을 속이는 것에도 익숙하고."

그리고 또 하나 마음에 걸리는 것은.

블레이크가 시선을 아래로 내리깔았다.

우연일까. 자신의 움직임을 그대로 따라 해 낸 것은.

"네가 이렇게까지 이야기하는 것을 보니 정말 만만치는 않은가 봐? 하긴…… 빈센트와 레베카가 그리 쉽게 당해 버렸으니 새삼스럽게 말할 것도 아닌가."

가벼운 고민에 잠긴 것 같은 목소리가 어둠 저편에서 들려왔다.

빈센트는 다소 다혈질적인 면이 있었으니, 상대의 도발에 넘어갔다 하더라도 그리 이상한 일은 아니었다.

하지만 레베카는 신중하고 또 신중했었다. 그 특이한 수집벽만 제외하고는 모든 일을 빈틈없이 처리해 내던 여인.

그 수집벽이라는 것 역시 몇 년간 자세히 두고 관찰하지 않으면 알아차리지 못할 취미 생활이었다.

아렌트 폰 에크하르트는 워렌과 마주한 것만으로 단번에 그 악취미를 간파하고 빈틈을 찾아내 파고들었다.

심지어는 대놓고 유혹하는 것도 아니라, 자신을 향한 의심을 거두지 못하면서도 욕심을 놓지 못하게 유도한다는 방식으로.

'노골적으로 다가갔다면 레베카의 경계를 샀을 테니까.'

게다가 자신을 죽이러 온 워렌을 구워삶아 아군으로 삼다니.

지금껏 교단이 워렌을 그냥 내버려 둔 이유는, 그가 레베카의 종이자 연인으로서 제 역할을 다한 덕이었다.

그의 충성을 한 번도 의심해 본 적 없었는데. 지금껏 아무 불만 없이 레베카를 따르던 그가 단 몇 시간 만에 변절했다는 것도 황당한 일이었다.

도대체 황궁에서 무슨 일이 있었던 건지.

이걸 단지 책략에 능하다는 것만으로 설명할 수 있을까?

"블레이크?"

"예, 말씀하십시오."

문득 들려온 부름에 블레이크가 반사적으로 고개를 더욱 깊이 숙였다.

"지금까지 받은 게 많으니, 선물을 보내 주고 싶은데.

네가 직접 움직여 주겠어?"

"예, 기꺼이 그러겠습니다."

한 치의 망설임도 없이 그리 대답했다.

"이 한 목숨. 체르니온 님에게 바치겠습니다."

"그래도 목숨은 소중히 하렴. 너는 우리들의 소중한 전력이니까."

부드러운 손길이 블레이크의 머리를 가볍게 쓰다듬고 지나갔다.

* * *

'뭐였을까, 그거.'

침대에 길게 드러누운 채, 아렌트는 멍하니 되뇌었다.

황궁으로 복귀한 지 며칠째.

황실 기사단은 사건의 뒤처리에 정신없었지만, 그는 줄곧 자신을 괴롭히는 단 한 가지 고민에 빠져 있었다.

레베카의 성 지하에서 발견한 신전, 거기에서 들은 정체불명의 음성.

함께 있던 이들은 아무도 듣지 못한 것 같았지만, 그건 분명 환청 따위가 아니었다.

사실 그걸 '들었다'라고 표현하는 게 옳은지조차 확신이 들지 않았다. 청력에 의존해 목소리를 들었다는 것보다, 음성이 직접 머릿속에 파고들었다고 하는 쪽이 더 옳을 것 같았다.

아렌트의 얼굴이 뭐 씹은 것처럼 썩어 들어갔다.

'흐름을 벗어난 존재라.'

정확한 말이었다. 자신은 다른 세상에서 이쪽으로 끌려 들어 온 존재니까.

'애초에 난 왜 여기에 있지?'

모든 일의 근원이지만, 지금까지는 굳이 수면 위로 끄집어내지 않았던 의문이었다.

사실 그럴 여유도 없었고.

하지만 일이 이렇게 된 이상 의식하지 않을 수 없었다.

흐름에서 벗어났다고 말한 것을 보면 체르니온은 진즉 이쪽을 인지하고 있었던 것 같은데. 게다가 먼저 아는 척을 해 온 쪽이 체르니온이라는 것도 걸렸다.

지금의 자신은 누가 봐도 루체 편을 들고서 악신을 개박살 내겠다며 겁도 없이 설치는 놈일 텐데.

자신이 여기에 온 것이 그 신인지 나발인지 하는 놈들의 농간이라면, 그 목적은 도대체…….

생각이 거기까지 흘러갔지만, 곧 머리를 세게 흔드는 것으로 잡념을 털어 내 버렸다.

'이 새끼들이 나한테 뭘 원하는지는 모르겠지만.'

연출자든 감독이든, 권력을 쥔 사람이든, 하다못해 신

이라 하더라도 이미 시작되어 한참 재미있게 흘러가는 무대에 뛰어드는 건 매너 위반이다.

'지금까지 해 온 것 이상으로, 아주 야단법석을 떨어 주지.'

제까짓 것들이 감히 이 무대에 끼어들 엄두조차 내지 못하도록.

체르니온이든, 루체든 저들이 답답해지면 알아서 뛰어나올 터.

자신이 왜 여기에 있는지, 그 의문의 답은 그때 받아 내면 될 일이었다.

그리고, 첫 번째 제물이 될 놈은 이미 정해 뒀다.

벌떡 자리에서 일어난 아렌트는 테이블에 활짝 펼쳐 둔 제국 지도 앞에 섰다.

며칠간 쉬겠다며 방에 틀어박혀, '성검의 푸른 기사'에서 사건이 벌어졌던 곳을 최대한 기억을 더듬어 표식을 남겨 두었다.

아렌트의 시선이 얼마 전 토벌된 레베카의 성이 있는 곳에 닿았다.

'레베카는 이미 정리했어.'

그러니 소설에서 그녀가 엮였던 일들은 앞으로 다른 형태로 나타나거나, 아예 벌어지지 않을 가능성이 컸다.

아렌트는 펜을 들고 커다랗게 X 표시를 남겼다.

블레이크가 이번 일에 개입해 온 것은 이쪽으로서도 예

상외의 일이었다.

그놈이 처음 등장하는 건 아예 다른 사건에서였다.

그는 서리 어린 손길을 이용해 도시 하나를 점거해 눈밭에 파묻어 버리고서, 숱한 민간인들을 동사하게 만드는 것으로 제 존재감을 드러냈다.

하지만 서리 어린 손길은 이미 아렌트 손에 들어왔고, 놈은 다른 아티팩트를 가졌다.

'이것도 변수로 작용하겠지.'

황금색 눈동자가 도르륵, 굴렀다.

소설에서 빈센트가 활개치고 다닌 지역들에도 역시 표식을 남겨 두었다.

빈센트는 이미 무대에서 끌려 내려갔고, 놈의 짝이었던 슈타들러 백작도 이제는 이쪽의 든든한 아군이 되었다.

그러니 빈센트가 앞으로 이 이야기의 전개에 영향을 끼칠 일은 없겠지만…… 그럼에도 신경 쓰이는 부분이 딱 하나가 남아 있었다.

레베카의 성에서 블레이크를 인지했을 때부터 신경 쓰이던.

'국경 지역.'

큰 사고가 벌어진 곳은 아니었다.

대사 한 문장으로 언급이 되었을 뿐이었다.

"가면을 쓴 수상한 두 남자가 국경 산맥 쪽에 나타났다고 합니다!"

제국 곳곳에서 민간인을 대상으로 한 테러 행위가 벌어지던 시점, 블레이크와 빈센트 역시 각자 존재감을 드러내기 시작하던 때였다.

라이오스는 기사들을 보냈지만 둘은 얼마 지나지 않아 다시 자취를 감춰 버렸다.

그 뒤로 빈센트와 블레이크가 함께 모습을 드러낸 일은 없었다.

'두 놈이 왜 같이 있었는지도 안 밝혀졌지.'

목격담이 뜬 전후로, 빈센트는 경매장을 초토화시킨 뒤 제 아티팩트를 이용해 이곳저곳을 들쑤셔 댔고, 블레이크 역시 어느 순간 나타나 활개를 펼치던 차였다.

'놈들이 교단의 명령을 받고 간 거라면.'

블레이크가 거기에 혼자 나타날지도 모른다는 생각이 들었다. 그래서 라이오스의 추적을 막은 것이기도 했고.

괜히 밤중에 무리해서 움직이다 변수가 발생하는 것보다는 나으니까.

시기상으로도 적당했다.

그때.

똑똑.

노크 소리가 그의 의식을 현실로 돌려놓았다.

"야, 자냐?"

뒤이어 아서의 목소리가 들려왔다.

아렌트가 지도를 아무렇게나 접어 서랍에 쑤셔 넣자마자 문이 달칵 열렸다.

"뭐야. 자는 것도 아니면서 왜 대답을 안 해?"

"일부러 무시한 건데요. 그것도 모르십니까?"

"진짜 뒈지고 싶냐?"

"됐고, 용건은요?"

이 새끼를 진짜 죽여 살려, 하는 살벌한 중얼거림이 들려왔다.

어쩐지 마음이 편안해지는 욕설이었다.

"황태자 전하께서 찾으신다. 지금 당장 가 봐."

"왜요?"

"왜긴 왜겠냐? 이번 일 때문이지. 얼른 튀어 가. 단장님도 거기 계신다니까."

"귀찮아 죽겠네, 진짜."

뒷목을 몇 번 긁적인 아렌트가 겉옷을 집어 들었다.

인상을 구기고 후배를 물끄러미 바라보던 아서가 한마디 더 추가했다.

"그럼 좀 더 쉬든가. 단장님한테 들었는데, 상태 별로라면서?"

워렌과 싸우고, 레베카의 성에 잠입하느라 또 워렌에게 두들겨 맞고, 그 뒤에는 블레이크와 싸우느라 너덜너덜해진 건 사실이었다.

아직 삭신이 쑤시고 개중에는 포션으로도 해결되지 않은 상처도 몇 개 남아 있었다.

하지만 미끼 역을 맡았던 아서와 리히트 역시 사정은 별반 다르지 않았다.

그 증거로 아서의 낯짝에는 반창고가 몇 개나 덕지덕지 붙은 채였고, 제복 옷깃 아래로는 칭칭 동여맨 붕대도 눈에 들어왔다.

거울이나 보라고 쏘아붙이고 싶었지만, 단념했다. 대신 더 재미있는 방법이 있으니까.

아렌트가 커다란 눈을 끔뻑이며 물끄러미 응시해 오자 아서가 흠칫 뒤로 물러섰다.

"뭐, 뭔데. 눈깔을 왜 그렇게 떠?"

"아뇨, 선배가 저를 그렇게 생각해 준다니~ 감동받아서."

"아아악! 차라리 욕을 해, 새끼야!"

순진무구한 눈망울을 초롱댄다는, 시전자가 아렌트라는 점에서 최강의 효과를 자랑하는 공격을 정면에서 받아 낸 아서가 발악하며 날뛰기 시작했다.

순식간에 순한 표정을 거둔 아렌트는 어깨를 으쓱하고는 유유히 방에서 빠져나가 버렸다.

"아아악! 소름 끼쳐!!"

어쨌든 방법을 강구할 필요는 있어 보였다.

블레이크를 잡아 족치면 그 빌어먹을 교단의 비밀도 어느 정도 파헤칠 수 있을 테고.

"휴식이라~ 좋지."

아직은 때가 아닐 뿐이지.

익숙한 복도를 따라 걷던 중에 어느 정도 머릿속에 계획이 그려졌다.

당장 맞붙지 않더라도 먼저 선수를 치는 것 정도는 가능할 터.

며칠 동안 치료를 핑계로 실컷 뒹굴어 댔으니, 이제는 일할 시간이었다.

* * *

황태자의 서재로 가니, 먼저 와 있던 칸타레스와 라이오스, 그리고 루미엘 신관이 그를 반겼다.

"어서 와."

"오랜만에 뵙습니다, 루미엘 신관님."

칸타레스가 제일 먼저 말을 걸었지만, 아렌트는 대충 넘겨 버리고 루미엘 신관에게 고개를 가볍게 숙였다.

"어서 오세요, 아렌트 경. 기다리고 있었답니다."

"신관님께서는 여기까지 어쩐 일이십니까?"

예의나 인사치레는 모조리 생략해 버린 채 본론만 꺼내는 그를 어이없게 보면서도, 칸타레스는 순순히 대답해 주었다.

"오늘 회의 사안 때문에. 오전부터 이번 사태 대책 회의가 있었으니까."

"아하."

딱 하나 비어 있던 자리에 앉자, 제레온이 나타나 그의 앞에 찻잔을 놓아주었다.

"이 광경이 슬슬 익숙해져 가는 것도 조금 무섭네요."

"왜요? 뭐 문제라도 있습니까?"

"……."

그야, 평범한 견습 기사는 이런 자리에 태연히 앉아 있지 못할 테니까.

루미엘 신관과 황태자, 그리고 라이오스 단장이 모인 장소에서 태연히 차나 홀짝이는, 새파랗게 어린 견습 기사의 모습이 자연스러워 보일 거라고 누가 생각했을까.

제레온은 어색한 웃음으로 답을 대신했다.

다만 황태자와 루미엘 신관은 보좌관이 무슨 말을 하고 싶어 하는지 대충 예상하고 애매한 미소를 흘릴 뿐이었다.

자신에게 닿은 시선들을 듬뿍 받으며, 아렌트가 뻔뻔하게 내뱉었다.

"그렇게 안 보셔도 저 잘생긴 건 알고 있습니다."
"······."
"······."
"······."

이런 자리의 최대 피해자는 아래의 견습 기사가 한마디씩 주둥이를 놀릴 때마다 위장이 쓰리는 라이오스였다.

결국 그가 본론의 화두를 던졌다.

"워렌 말이다만. 그간 해 온 일은 실형을 받아 마땅하나, 이번 작전에서 큰 공을 세웠다는 점을 참작하기로 했다."

"흐음."

시큰둥한 반응이었지만, 아렌트의 시선이 이쪽으로 닿은 것을 보니 진지하게 듣는 눈치였다.

라이오스는 안심하고 말을 이었다.

"레베카 아래에서 변절자를 처단하는 게 그의 주된 임무였는데, 피해자 대부분이 신원도 알 수 없는 범법자더군. 그래서 살인의 실질적인 증거를 찾을 수 없었다는 점도 있다."

그것도 당연한 일이었다. 치안대나 민간인을 함부로 건드렸다가는 감당하기 힘들어질 테니까.

이따금 협박당한 귀족이나 자본가도 있었지만, 목숨을 잃지 않은 데다가······ 워렌의 가해 사실을 밝히려면 본인들의 범법 행위부터 자백해야 하기에 모두 입을 싹 다물어 버렸다.

"황실 기사를 향해 공격을 가한 점은 중죄다만, 결과적으로는 협력하게 되었으니 그 부분은 묵인하려 하는데. 그래도 괜찮겠나?"

"맞은 만큼 패 줬으니까 상관없습니다."

테이블 위에 놓인 쿠키를 하나 입에 쏙 집어넣으며 아렌트가 고개를 끄덕였다.

칸타레스가 관자놀이를 꾹꾹 누르며 중얼거렸다.

"오히려 그쪽이 더 힘한 꼴 당한 거 아냐? 하필 저 미친놈을 건드려선."

"결론은 어떻게 됐는데요?"

"일단은 석방. 대신 주기적으로 황궁에 제 위치를 보고하고, 즉결 처분 팔찌를 착용했어. 그리고 황실이 소집하면 즉시 지원하러 오는 것으로 정리됐지."

라이오스 대신 칸타레스가 말을 마무리 지어 주었다.

"관리 전반은 라이오스 단장이 담당하고. 오늘 저녁 중에 풀려날 테니까 얼굴이라도 보든지."

"뭐가 예쁘다고요. 됐습니다. 그리고 마침 대형견을 한 마리 키우고 싶다는 분이 있어서 인수인계도 마쳐 뒀거든요. 아마 그분이 데리고 가실 겁니다. 벌써 개집도 지어 두셨을 거고요."

주어가 불명확했지만 그 뜻은 확실하게 전달되었다.

황태자가 어이없다는 표정을 지었다.

"너 말이야…… 노이만 상단이 무슨 탁아소라도 되는 줄 알아?"

"이번에는 제가 아니라 상단주님이 먼저 이야기하셨습니다. 그렇지 않아도 새 사업에 일손이 많이 필요한 상황이라고요."

물론 먼저 말을 꺼낸 쪽은 아렌트였다.

영상 기록석의 멋진 활약상이 가득한 편지와 더불어 '큰 개 한 마리가 생겼는데 가지실래요?'라고 넌지시 운을 띄운 것이다.

화려한 전적을 가진 놈이라 거절할 거라고 생각했는데, 의외로 노이만은 크게 반가워했다. 정보부에 속할 인원을 본격적으로 꾸리는 중인데, 그렇지 않아도 전투가 가능한 인원이 필요한 탓이었다.

게다가 험한 세계를 직접 몸으로 겪어 본 경력이 있고, 레베카 그늘 아래 있던 덕에 얼굴도 거의 알려지지 않았으니 노이만에게는 안성맞춤인 인재였다.

오히려 아렌트가 먼저 통신을 걸어 진짜 괜찮냐고 한 번 더 물어볼 정도였다. 하지만 노이만은 상쾌하게 웃으며 대답했다.

"아렌트 경께서 소개해 준 사람이니 당연히 괜찮겠지요!"

라고.

아무래도 데클란 신관이 굉장히 마음에 든 눈치였다.

잠자코 대화를 듣던 루미엘 신관이 물음을 던졌다.

"그들의 잔당은요?"

"하나씩 소탕 중입니다만, 워낙 규모가 커서 시일이 걸릴 것 같습니다. 아직 그 성에서 발견된 것과 비슷한 신전은 발견되지 않았고요."

"그러고 보니 그 신전은 어떻게 됐습니까?"

차로 입을 축인 아렌트가 질문을 하며 루미엘 신관 쪽으로 고개를 돌렸지만, 이번에도 칸타레스가 나서 주었다.

"악신교의 신전이 처음으로 확인되었으니 수사는 계속하겠지만…… 테오도르 대신관님의 요청으로 정보 중 일부를 비공개하기로 했다."

그 일부라 함은 물론 체르니온 신과 관련된 정보들이었다.

"대중의 호기심이 필요 이상으로 모이는 것을 방지해야 한다는 까닭이지. 황제 폐하께서도 동의하신 점이고."

그렇게 말하는 칸타레스도 썩 개운치는 않은 얼굴이었다.

그를 물끄러미 보던 아렌트가 정직한 내려치기를 날렸다.

"루체 신과 체르니온 신의 모습이 비슷해서 그런 겁니까?"

"너한테는 거리낌이라는 게…… 아니다. 됐다. 새삼 물은 내가 멍청이지."

불경한 놈, 어쩌고 하며 투덜대던 칸타레스가 다시금 관자놀이를 꾹꾹 눌렀다.

"아무래도 그렇지. 물론 필요 이상으로 의미를 부여하는지도 모르겠지만……."

"어쩌면 위협이 될지도 모르니까요."

루미엘 신관이 인자한, 하지만 약간의 씁쓸한 미소를 지으며 덧붙여 주었다.

"물론 수사의 진행이 조금 더뎌질지도 모르는 일입니다만 제법 중요한 일이랍니다, 아렌트 경."

"이해는 합니다. 별로 마음에 들지는 않지만."

불만스러운 얼굴을 하면서 아렌트가 어깨를 으쓱였다.

"그냥 닮았다는 것보다, 제 눈에는 꼭 동전의 양면처럼 보였는데요."

"……."

루미엘 신관의 쓴 미소가 조금 더 짙어졌다. 그 반응에 아렌트는 전후 사정을 대강 이해했다.

"그래서 더욱 문제인 거군요."

"신앙 이외의 것을 계산해야 한다는 점은, 신관으로서는 참으로 부끄러운 일입니다만."

노신관의 고개가 천천히 아래위로 움직였다.

"신전 소유의 오래된 문헌에는 어둠의 신에 관련해서 기록이 남아 있습니다. 제게는 접근이 허락되지 않은 문서입니다만, 얼마 전 대신관님께서 직접 말씀해 주셨습니다."

"그리고 신전은…… 아니지. 대신관님은 그게 악신의 다른 이름이라는 걸 이미 짐작했다는 겁니까?"

악신교의 흔적이 처음 발견되었던 무렵, 테오도르 대신관이 더욱 예민하게 반응한 까닭이 이제야 제대로 이해되었다.

체르니온이 그저 '악신'이 아니라, 빛의 신과 동등한 이름을 가진 신이었다는 게 알려진다면 루체 신전의 입지는 타격을 입을 수밖에 없으니까.

"다행인지 불행인지, 당시의 기록은 거의 남아 있는 게 없습니다. 어째서 악신으로 변모해 세상을 멸절시키려고 한 건지도 알 수 없지요."

"대신전에 남은 문헌은 어떤 내용이었습니까?"

"이 땅에는 루체 님 이외에도 많은 신이 계시지요. 우리 인간 대부분이 루체 님을 섬기듯, 여타 종족은 다른 신을 섬깁니다."

칸타레스의 질문에 루미엘 신관이 차분히 답을 내주었다.

"대신관님이 발견하신 문헌은 고대의 이종족 여행자가 남긴 것으로, 이 땅에 존재하는 여러 교단을 짤막하게 언급해 둔 게 전부였습니다."

"그중 현대에 이르러 '악'으로 특정된 건 체르니온의 교단뿐이고요?"

"이단으로 분류된 교도 분명히 있었습니다만, 네. 그렇지요."

불쑥 끼어든 아렌트의 물음에 신관은 이번에도 고개를 끄덕였다.

다시금 신전의 모습이 떠올랐다.

밤하늘의 행성을 표현한 듯한 벽화와 조각, 빛 한 점 들지 않는 지하 공간.

흑백 패턴으로 깔린 바닥은 빛을 삼키는 소용돌이 형태였고…… 어둠을 한 조각 떼어서 깎은 듯한, 체르니온의 아름다운 모습까지.

'대놓고 알려 주는 것 같군.'

이 몸이 어둠의 신이라고.

멍하니 생각하던 아렌트는 충동적으로 입을 열었다.

"신이 직접 말을 거는 경우가 있습니까?"

"네?"

루미엘 신관이 눈을 동그랗게 떴다.

의아한, 그리고 불안한 시선이 자신에게 모여들자 아렌트는 천연덕스레 어깨를 으쓱했다.

"그냥, 궁금해서요."

"이거 진짜 불경한 자식이네…… 감탄하기도 새삼스럽지만."

칸타레스의 탄식과 더불어 기어코 속이 쓰려 오는지 라

이오스가 명치 위에 손을 얹는 게 보였다.
 평소 표정 관리에 능한 제레온 역시 식은땀을 흘리는 꼴을 보아하니.
 '체르니온의 목소리를 들었다고 하면 다들 경기를 일으키겠군.'
 애초에 말할 생각도 없었지만.
 그러는 와중에 루미엘 신관이 침착하게 답을 내주었다.
 "그런 기록이 없지는 않습니다. 선택받은 자는 신의 음성을 들을 수 있다고 하지요. 악신교가 모습을 드러낸 지금, 성검께서 반응하신다면 또 그 일례가 탄생하겠지만 아직은……."
 "초대 황제 폐하만이 유일하단 말씀이시죠?"
 "네, 그렇답니다."
 그다음 예는 아마 라이오스가 될…… 터인데.
 그렇게 생각하니 기분이 더 찝찝해졌다. 게다가 자신이 들은 음성은 그리 위엄 넘치는 등장도 아니었으니까.
 오히려 지나가다가 어깨를 부딪혀서 고개를 들어 보니 아는 사람이었다, 는 상황이 더 어울리는 한마디였다.
 팔짱을 낀 칸타레스가 덧붙였다.
 "하지만 솔직히, 전 그게 바람직한 일은 아니라고 생각합니다. 어찌 됐건 신께서 직접 나설 정도로 상황이 나쁘다는 거니까요."

"저 역시 그 점에 동의합니다. 영웅이 탄생하는 것은 멋진 일이지만, 영웅의 부모는 결국 난세일 수밖에 없으니까요."

루미엘 신관도 고개를 끄덕였다.

"그래서 말인데, 난세를 막으려면 일단 눈앞의 적부터 족쳐야 하거든요."

그때, 아렌트가 불쑥 끼어들어 화제를 전환했다.

"눈앞의 적?"

"레베카를 지원하러 왔던 변태 가면이요. 블레이크라는 이름의."

그 이름이 나오자 라이오스의 얼굴이 설핏 굳었다.

"그때, 무리해서 추적하지 말라고 했었지."

"네, 아무래도 조만간 다른 데서 나타날 것 같아서요. 그때 당장 쫓아가 봤자 별 소득도 없을 것 같았고."

추격해도 붙잡을 수 있을지 없을지는 상당히 미지수이긴 했다. 워렌과 아렌트가 동시에 달려들어도 감당하기 힘든 실력자였으니까.

"그래서 드리는 말씀인데요, 황태자 전하."

"난 네가 그렇게 부르면 불안하더라."

은근한 어조에 칸타레스가 질색하자 아렌트가 씨익, 짓궂은 미소를 지었다.

"손 좀 빌려주시죠? 아, 그리고 충분한 예산과 사람도 좀."

라이오스는 차마 그 꼴을 보지 못하겠다는 것처럼 애써 시선을 피해 버렸다.
"예절 교육을 다시 시키겠습니다."
"됐어, 라이오스 단장. 이미 포기했으니까."

* * *

이번에도 황태자를 탈탈 털어 댄 아렌트는 결국 "알겠어, 알겠다고!"라는 대답을 들은 뒤에야 배부른 고양이처럼 만족스럽게 고개를 끄덕였다.
"그러셔야죠."
"하아…… 진짜 끈질긴 놈."
머리칼을 쓸어 올리며 그렇게 말하는 칸타레스의 낯에는 고작 몇 분 만에 지친 기색이 완연했다.
루미엘 신관이 어색하게 미소 지었다.
"일단은…… 저 역시 알겠습니다. 부탁하신 부분은 알아 둘 테니, 내일 신전으로 오세요."
"넵, 감사합니다."
"뭘요. 전에 도움 주신 일도 있으니까요."
과연 연장자답게 신관은 금세 침착함을 되찾았지만 칸타레스는 여전히 석연치 않은 구석이 있었다.
"요점은 최대한 빠른 시일 내에 국경 산맥을 방문하고

싶다는 거지? 그쪽에 블레이크란 자가 나타날 확률이 높다는 거고."

"그렇죠."

"그건 어떻게 알아낸 건데? 정보 출처가 어떻게 되는지 정도는 물어도 되잖아."

"전하."

그러자 아렌트가 대놓고 삐딱한 시선으로 그를 쳐다보았다.

"그걸 말씀드릴 수 있었으면 제가 이렇게 하겠습니까? 바로 단장님께 보고해 버리고 알아서 하라고 던져두는 게 훨씬 편한데."

"큭, 쿠억! 쿨럭!"

상상 초월의 뻔뻔한 발언에 가만히 듣던 라이오스가 결국 마른기침을 토해 냈다.

제레온은 그에게 조용히 다가가 따뜻한 차와 미리 챙겨 두었던 위장약을 건네주었다.

그러거나 말거나 아렌트는 얼굴에 철판을 깔고서, 특유의 그 뺀질대는 무표정으로 황태자를 마주 볼 뿐이었다.

칸타레스는 가만히 마른세수를 하며 한숨을 푹푹 내쉬었다.

"물은 내가 멍청이지."

"슬슬 학습하실 때도 되지 않았습니까?"

무서워서 피하나, 더러워서 피하지.

말도 섞기 싫은 '더러운 놈'이 된다는 전략은 처음 이 세계에 떨어지고 직후부터 지금까지 아주 잘 먹히는 수단 중 하나였다.

결국 칸타레스까지 위장약을 하나 받아 챙긴 뒤에야 어느 정도 대화가 소강되었다.

정보의 출처를 캐묻는 사람이 없어진 건 당연한 일이었고.

"파견 인원은 그자를 상대할 수 있는 전력쯤은 되어야 하겠지. 하지만 그 정도 되는 전투 인원을 명확한 까닭 없이 그쪽으로 보내면 외교적인 문제가 생길 수밖에 없어."

무엇보다 국경과 맞닿은 지역이니까.

"그렇다고 해서 사유를 밝힐 수도 없으니, 적당한 핑계를 만들어야 한단 말이지."

"그렇죠."

그래서 아렌트도 굳이 황태자에게 부탁하는 길을 선택했다.

처음에는 노이만의 행상에 몰래 섞여 드는 방법을 고려했지만, 만에 하나 무력 충돌이 생겼을 경우 국경을 마주한 타국과 문제가 발생할지도 몰랐다.

더군다나 그중 칼리온 제국 황실 소속 기사가 섞여 있다고 한다면 소란은 배로 커질 게 분명했다.

"제일 쉬운 건 인선을 뽑아 국경 지대에 사찰단을 보내는 건데. 진짜 목적을 완전히 숨길 수는 없을 테니까, 어느 정도 융통성 있는 사람을 찾아야 해."

생각에 잠긴 칸타레스가 팔짱을 끼고 시선을 천장으로 향한 채 말끝을 흐렸다.

"사실 내가 직접 가는 게 제일 편하지만, 지금은 수습해야 할 일이 너무 많아서 자리를 비우기 힘들고……."

"그러시다면, 황태자 전하."

위장약을 한꺼번에 삼킨 라이오스가 입을 열었다.

"한 사람, 떠오르는 분이 계십니다."

"누구?"

"법무부의 헨리 루 란슬롯 공자님 말씀입니다."

란슬롯?

그 이름에 아렌트가 고개를 돌렸다. 얼굴에 드리운 의문을 읽어 낸 칸타레스가 답을 주었다.

"란슬롯 공작의 차남이지. 확실히 그 공자라면 괜찮을지도. 영향력 있는 집안의 자손이면서, 그리 정치적으로 나서지도 않는 사람이니까."

"전하, 그러고 보니 국경 근처 영지가 공자님의 외가댁 소유라고 압니다."

가만히 듣던 제레온이 한마디 거들자 칸타레스가 가볍게 고개를 끄덕였다.

"그렇다면 접촉해 봐야겠어. 그 건은 그렇게 해 둘 테니까, 정리되면 다시 알려 주지."

"넵, 감사."

전혀 감사하지 않은 어조로 아렌트가 고개를 꾸벅 숙였다.

저 새끼를 한 대 쳐, 말아.

칸타레스의 주먹이 한 번 꾹 쥐어졌다가 다시 펴졌다.

사실 제일 짜증 나는 건, 작정하고 덤벼도 저놈의 옷깃 하나조차 건드릴 수 없다는 거였다.

* * *

헨리 루 란슬롯.

터벅터벅 큰 길을 따라 걸으며 아렌트는 그 이름을 곰곰이 곱씹었다.

기억이 전혀 나지 않는 것을 보아하니 '성검의 푸른 기사'에서도 전혀 언급되지 않은 모양이었다.

적임자를 찾는다는 말에 당장 그 이름을 꺼낸 라이오스나, 한 번의 반박도 없이 납득한 칸타레스의 반응을 보면 제법 인망은 있는 것 같았다.

'그렇다면 문제없겠지.'

두 사람의 안목은 믿을 만하니까.

그냥 신경을 꺼 버리기로 하고, 방금 루미엘 신관에게 받은 자료 쪽으로 시선을 주었다.

품에 안긴 종이 더미가 제법 묵직했다.

하나는 제국의 모든 신관들이 처음 신앙의 길에 들어설 때 공부한다는 교리가 담긴 책이었고, 남은 한쪽은 제국에 분포된 신전들의 현황 보고서였다.

교리서는 온통 초대 황제 칸의 영웅담과 성인으로 추대받는 신관들의 이야기, 그리고 빛의 신전 전체를 꿰뚫는 규칙들로 가득했다.

"……고리타분한데."

착하게 살자, 라는 말을 이렇게까지 빙빙 돌려서 해야 하나.

대강 글자를 눈으로 흘려버리던 차, 문득 한 문장에 시선을 사로잡혔다.

이 세상은 위대한 존재들의 안배로 조화롭게 이루어졌다.

조화, 균형.

언젠가 루미엘 신관도 중요하게 짚어 낸 부분이었다.

신도 수가 적은 교단도 분명히 존중받고, 그들이 모시는 신 역시 위대한 존재로 인정받는다.

하지만 루체가 유달리 강한 영향력을 끼친다는 건 부정할 수 없는 현실이었다.

강한 자가 규칙을 정하고 모두의 머리 위에 서서 세상

을 평정하는 것은 물론 이상한 일은 아니다. 약육강식의 원리를 적용한다면 그 역시 조화의 한 종류라고 말할 수도 있겠지만……

"쯧, 애초에 사회에 조화라는 게 가능한가."

이쪽 세상이든, 원래 살던 세상이든, 생각하고 말할 줄 아는 생물이 많이 모인 사회는 개판이 날 수밖에 없다.

평화로운 세상 따위는 존재하지 않는 허상이다.

사회는 각본대로 굴러가는 연극 따위가 아니니까.

'무대에서 생기는 돌발 사고 정도와는 비교가 안 되지.'

영웅 한 명의 손으로 악신을 몰아낸 뒤 평화를 이룩했다고 하지만, 결국에는 과거의 망령이 슬금슬금 기어 나와 세상을 엎으려 하는 지금 상황도 그렇고.

탁, 책을 덮어 버리고 앞을 보았다. 이건 나중에 생활관으로 돌아가서 천천히 되짚어 보는 게 나을 테고.

다음으로 비교적 얇은 보고서 쪽을 펼치려는 순간, 아렌트는 자신을 바라보는 시선을 느꼈다.

반사적으로 고개를 들자 이쪽을 빤히 바라보는 한 남자와 눈이 마주쳤다.

무표정하지만 당황한 기색이 역력한 얼굴은 그리 낯설지 않았다.

검붉은 머리칼에 라이오스와 비교해도 모자라지 않을 것 같은 큰 키에 하얀 피부.

잠깐 기억을 뒤지자 곧 그의 이름이 선명히 떠올랐다.

아르크스 폰 에크하르트.

"쯧."

그대로 몸을 틀어 저벅저벅 걸음을 옮겼다. 완전히 못 볼 것을 봤다는 태도였다.

설마 아렌트가 그렇게 나올 줄은 예상치 못했던 건지, 아르크스가 급하게 다가와 앞을 가로막았다.

"잠깐 기다려라."

하지만 아렌트는 괜히 기사가 아니었다. 매끄러운 움직임으로 그를 앞질러 가 버리자 마음이 급해진 아르크스는 손을 뻗어 동생의 어깨를 잡아챘다.

"기다리라는 말이 안 들리나?"

"……!"

얼굴을 와락 찌푸리며 뒤를 돌아볼 수밖에 없었다.

그제야 자신 쪽을 향해 시선을 던지는 동생에 안도의 한숨을 내쉴 틈도 없이, 아르크스는 한차례 더 당황해야 했다.

"왜 붙잡으십니까?"

"너……."

"먼저 연을 끊자고 한 건 제가 아니라 백작님이었던 것 같은데요."

인상을 찌푸리며 아렌트가 짜증스레 내뱉었다.

"공자님도 그 자리에 분명히 계셨고, 지금 와서 우리 사이에 더 할 말은 없다고 생각합니다만."

더 이상 아버지나 형이라는 말도 없이 딱딱한 존칭을 붙이는 목소리가 유난히도 싸늘했다.

"그리고 놓으시죠? 거기 부상 입은 자리거든요."

"어? 아, 그래. 미안하다."

퍼뜩 정신을 차린 아르크스가 놓아주자 아렌트는 그의 손이 닿았던 자리를 툭툭 털어 냈다.

"용건 없으시면 가 보겠습니다. 바빠서요."

백작가에 있어야 할 제 형이 어째서 여기에 있는지조차 궁금하지 않은지, 아렌트는 그대로 빠르게 걸음을 옮겨 아르크스를 지나쳐 버렸다.

차마 다시 한번 붙잡을 엄두도 내지 못하고, 아르크스는 동생이 멀어지는 뒷모습을 황망히 바라볼 수밖에 없었다.

그때, 누군가가 뒤에서 말을 걸어왔다.

"거기에 서서 뭐 해? 아르크스."

"어?"

뒤를 돌아보자 낯익은 얼굴이 눈에 들어왔다.

그제야 아르크스의 표정도 조금 풀렸다.

"헨리."

헨리 루 란슬롯.

아르크스가 친구라고 부를 수 있는 거의 유일한 사람이었다.

"누굴 그렇게 보나 했더니, 아렌트 경이네."

헨리라고 불린 청년 역시 멀어지는 아렌트의 뒷모습을 알아보았다.

아르크스가 착잡하게 물었다.

"알아?"

"개인적으로 친분이 있는 사이는 아니고. 황궁에서는 지금 라이오스 경 다음으로 유명한 사람이니까. 먼발치에서만 몇 번 봤지."

황궁을 줄기차게 쏘다니는 데다 외모도 눈에 띄는 편이니, 시선이 가는 건 어쩔 수 없었다.

"그리고 아버지가 꽤 관심을 두고 계셔서 이런저런 이야기는 전해 들었지. 활약이 대단하던데? 이번에도 적진에 직접 잠입해 정보를 빼내고 토벌 작전에 앞장섰다던걸."

"……그래."

아르크스의 표정이 다시 설핏 굳었다.

친구의 낯빛을 힐끗 본 헨리가 피식 웃었다.

"사이가 완전히 틀어졌지?"

"원래도 그리 살가운 관계도 아니었지만."

착잡하게 대답한 아르크스는 다시 대로변의 건너를 확인했다. 이미 아렌트의 뒷모습은 사라지고 없었다.

"저 녀석이 밀어내는 것도 당연해. 진짜 도움이 필요했을 때 내친 건 가문이니까."

"호오? 자각은 있는 모양이지?"

"……."

농담처럼 툭 던진 말에 싸늘한 시선이 돌아오자 헨리가 머쓱하게 시선을 돌렸다.

"지금도 나쁘지 않은 것 같은데. 아렌트 경은 나름대로 황궁에서 입지를 다졌고…… 물론 방식이 좀 요란하긴 하지만. 그런 식으로 가문에서 독립하는 귀족가 자제들이 없는 것도 아니잖아."

"지금 일부러 그러나?"

"들켰어?"

헤헤, 웃는 헨리의 얼굴은 첫인상만큼 순해 보이지만은 않았다.

분명 일부러 아픈 곳을 박박 긁어 대는 게 분명했다.

짧게 한숨을 내쉰 아르크스는 다시금 거리 저편을 보았다.

"……지금 와서 이러는 게 면목 없는 짓이라는 건 나도 잘 안다."

"그러면 그냥 내버려 두는 게 어때? 아버지께 들었는데, 황태자 전하께서도 가끔 감당 못 하실 정도로 성격이 괴팍하다던데."

그렇게 이야기하며 기분 좋게 웃던 란슬롯 공작의 얼굴

이 떠올랐다. 괴팍하단 말은 아마 단어의 뜻 그대로 부정적인 의미만을 품은 것은 아닐 터.

"혈연이니 신경 쓰이는 건 어쩔 수 없지만, 백작님께서 직접 연을 끊겠다고 하셨으니…… 괜히 네가 나서는 것도 모양새가 이상하고. 무엇보다 아렌트 경이 그리 달가워하지는 않을 것 같아."

"알고 있어."

차가운 감옥에 처박혔을 때, 아렌트에게 따스한 손길을 내밀어 준 사람은 아무도 없었다.

"배신당한 기분이었겠지."

그전부터 그랬다. 백작은 아렌트를 밀어내기만 했고, 곁도는 동생에게 손을 뻗을 용기를 내지 못한 건 아르크스 역시 마찬가지였다.

하지만 일이 이렇게 되고 나서야 어렴풋이 깨달았다.

언젠가 나눈 대화가 생생히 떠올랐다.

"형님은 자아가 없으십니까? 아까부터 계속 아버지만 대변하셔서."

아렌트가 쏘아 댔던 독설은 하나도 틀리지 않았다.

염치없는 짓이라는 건 잘 알았다. 하지만 이제라도 바로잡을 수 있다면.

"……그래도 한 번 정도는 제대로 이야기를 나누고 싶다."

담담하게 읊조리는 옆모습에서 느껴지는 것은 오직 진심뿐이었다.

물끄러미 친구를 바라보던 헨리는 그를 따라 아렌트가 사라진 곳을 향해 시선을 옮겼다.

"그래, 뭐. 잘되면 좋겠어."

자신이 그 소망을 이뤄 줄 수 있을 때가 머지않았다는 건 전혀 짐작하지 못한 채로.

* * *

생활관으로 돌아온 아렌트는 루미엘 신관이 건네준 자료와 며칠 전부터 붙잡고 있던 지도를 한꺼번에 꺼내 펼쳐 놓았다.

쿵!

제법 육중한 소리가 바닥을 울렸다.

그리고 슈타들러 백작에게도 통신구로 연락해 자료를 부탁했더랬다.

키워드는 어둠의 신, 그리고 밤의 신.

광산의 유적에 있던 책들은 아직 해석이 끝나지 않은 게 많다고 했다. 그 밖에 백작이 개인적으로 소장하던 장서까지 모두 뒤져 보겠다고 말했으니 제법 시일이 걸릴 것이다.

'이건 여기까지 해 두고.'

일단은 블레이크의 흔적을 쫓는 게 우선이었다.

'놈이 거기서 뭘 했는지 알아내야 해.'

빈센트와 동행까지 했을 정도이니, 뭔가가 있을 게 분명했다.

어느새 그의 머릿속에서 아르크스의 존재는 까맣게 지워져 있었다.

하지만 바로 다음 날.

아렌트는 역할 몰입도 잠시 잊고, 오랜만에 진심으로 짜증이 치미는 걸 느꼈다.

"……."

넓은 응접실에 지옥 같은 침묵이 흘렀다.

칸타레스는 웃음을 참다못해 입꼬리에 일어나는 경련을 억누르느라 애쓰고 있었고, 처음 보는 한 남자는 어색하게 딴청을 부렸다.

아렌트와 동행한 아서와 리히트 역시 경악한 것은 마찬가지였다.

그리고 라이오스는, 간계를 꾸민 황태자와 노골적으로 심기가 불편해 보이는 아렌트 사이에 끼어서 이마를 짚고 한숨을 푹푹 내쉴 뿐이었다.

원인은 딱 한 사람이었다.

"……이리 가까이에서 뵙는 것은 처음이지요? 반갑습니다, 아렌트 경. 란슬롯 공작가의 차남, 헨리라고 합니다. 아버지께 말씀 많이 들었습니다."

불편한 공기 속에서도 헨리는 꿋꿋하게 자기소개를 했다.

싸늘한 눈으로 그를 힐끗 본 아렌트가, 헨리 뒤에서 고집스레 허리를 펴고 선 아르크스를 고갯짓으로 가리켰다.

"저분은?"

"제 호위 겸 수행원입니다."

"호위요?"

"네, 호위."

"황실 소속 기사가 동행하는데, 호위요?"

"네, 그렇습니다. 황실 기사단을 제 개인 호위처럼 쓸 수는 없을 테니까요."

비 오듯 식은땀을 흘려 대면서도 헨리는 꿋꿋했다.

"그렇군요. 호위."

"……."

"검은 쓸 줄 아시고?"

"아렌트 경도 아시겠지만, 아르크스 공자님도 유망한 아카데미를 졸업하셨지요. 기사로서 활약하시는 경에 비할 바는 아니겠으나, 그 역시 실력에 모자람은 없다고 볼 수 있습니다."

"그렇습니까."

딱딱하게 대답한 아렌트는 다시 한번 아르크스 쪽을 주시했다.

이건 전혀 예상치 못한 사태였다.

설마 헨리와 아르크스가 친분이 있는 사이일 것이라고는 전혀 상상도 하지 못했다. 그리고 아무래도 사정은 칸타레스와 라이오스 역시 마찬가지인 것 같았다.

'대충 상황은 알겠군.'

기사단과 함께 국경 지역으로 사찰을 가 달라는 황태자의 말에, 헨리가 조건을 붙였을 것이다. 대신 아르크스와 동행하게 해 달라고.

그 조건은 물론 제 동생에게 미련이 뚝뚝 남아 보이는 아르크스가 긴밀히 부탁한 것일 테고…… 성격 나쁜 황태자는 이 재미있는 기회를 놓치지 않은 것이다.

소리 죽여 낄낄대던 칸타레스는 아렌트의 싸늘한 시선을 받고 급하게 시치미를 뗐다. 그 옆에서 제레온이 어색하게 미소 짓는 것이 보였다.

"뭐, 상관없습니다. 일개 견습 기사인 제가 뭐라 첨언할 수 있는 일도 아니고."

아렌트는 뻐딱하게 선 채로 아르크스를 똑바로 보았다.

"공사 구분도 제대로 못 하는 얼간이 공자님이 호위로서 얼마나 큰 역할을 할 수 있을지는 모르겠지만, 상관없겠지요."

"……."

"그래도 조금 궁금은 합니다. 검 실력이 출중하다고 하시니, 언젠가 한번쯤은 견식할 날도 오겠지요."

생긋, 웃는 고운 낯짝에서 서리 어린 손길을 발동시킨 것 같은 냉기가 풀풀 흘렀다.

그 꼴을 지켜보던 아서가 리히트에게만 들리게 속삭였다.

"저놈 저거…… 실력을 보자는 핑계로 언젠가 한번은 두들겨 패겠다는 말 아닙니까?"

"설마……."

그렇게 대답하는 리히트 역시 썩 자신 있어 보이지는 않았다. 제 형을 두들겨 패는 일쯤이야 아렌트에게는 얼마든지 가능해 보였으니까.

형제 사이에 끼어 땀만 뻘뻘 흘려 대던 헨리가 급하게 라이오스에게 악수를 청했다.

"잘 부탁드립니다, 라이오스 단장님."

"예, 저야말로."

역시나 칼 같은 라이오스는 금세 표정을 갈무리하고 청년의 손을 맞잡았다.

헨리가 말을 이었다.

"이번 일은 크게 목적을 두지 않은 단순 사찰이라고 들었습니다. 단장님께서 직접 임무를 맡아 주신 까닭은 최근 국내에 폭도가 자주 나타나기 때문이라고요."

이번 출장에 칸타레스가 대외적으로 내세운 까닭이었다.

"중간에 기사단의 단독 임무도 있다고 들었으니, 모쪼록 저는 신경 쓰지 마시고 맡은 바 잘 해결하셨으면 좋겠습니다."

하지만 헨리는 속뜻까지 이미 파악한 것 같았다.

선한 인상이었지만, 그리 순진하지만은 않다는 증거였다. 자기가 선택된 이유도 충분히 아는 눈치였고.

"배려 감사합니다."

라이오스가 대표 격으로 나서 답례를 표했다.

어쨌든 저 공작가 차남이 이번 일에 적임자라는 것은 확실해 보였다.

짜증스럽게 혀를 찬 아렌트는 칸타레스를 다시 노려보았다. 황태자는 잠깐 찔끔하는 척하면서도 이내 씨익, 장난스러운 미소를 지어 보였다.

"여정이 짧지는 않을 테니, 여행하는 기분으로 즐기다 오면 좋겠군. 내일 준비가 끝나는 대로 출발하도록."

"예, 알겠습니다."

주변에서 칼같이 대답하는 소리가 들려왔다.

아렌트는 거기에 편승하는 대신, 황태자가 앉은 자리에 성큼성큼 가까이 다가갔다.

"전하, 잠깐 괜찮으시겠습니까?"

"응? 어어."

불길한 예감을 느끼면서도 칸타레스는 일단 고개를 끄덕였다.

고개를 숙인 아렌트가 그의 귀에 뭐라 속삭였다.

"……."

"……."

시종일관 싱글벙글 웃던 황태자의 얼굴이 살짝 일그러졌다.

딱 한마디를 남기고 다시 자세를 바로 한 아렌트는 고개만을 까닥여 묵례한 뒤 라이오스에게 돌아갔다.

"그럼 떠날 준비를 마친 뒤 내일 뵙겠습니다, 공자님."

라이오스가 침착하게, 하지만 조금 급하게 인사를 건넸다. 아렌트의 주둥이에서 또 무슨 말이 튀어나올지 불안했던 탓이다.

3기사단의 단장이 부하들을 이끌고 응접실에서 빠져나간 뒤, 헨리와 아르크스 역시 황태자에게 예를 갖추고 자리를 비웠다.

단둘만이 남게 되자, 제레온이 슬그머니 물었다.

"아렌트 경께서 뭐라고 말씀하셨나요?"

"칼리온 제국 황실의 적통으로 태어나 참으로 좋으시겠습니다, 라고 하더라고."

"우와……."

제레온의 입에서 감탄사가 터져 나왔다.

그 말을 적당히 번역하면, '당신이 황실의 적통 후계자가 아니었다면 벌써 내 손에 뒈졌다.' 정도쯤 될 터였다.

"괜찮을까요? 괜히 긁어 부스럼 만드는 게 아닌지 조금 걱정입니다만……."

"그놈은 긁어 봤자 아무것도 안 생겨."

만약 놈을 긁는 데 성공한다면, 그건 부스럼만으로는 끝나지 않을 테고.

잠깐 뜸을 들이던 칸타레스가 빙그레 미소 지었다.

"그래도 아르크스 공자는 좀 생각이 달라진 것 같던데. 한 번쯤은 기회를 줘야 옳지."

"그냥 재미있어서 그러시는 게 아니라요?"

"겸사겸사."

황태자을 향한 제레온의 시선이 조금 떫어졌다.

원래도 그리 얌전한 분은 아니었지만.

'어째 최근 들어 점점 성격이 나빠지시는 것 같기도…….'

분명 어딘가의 저 하고 싶은 것 다 하고 사는 견습 기사의 영향이 클 거란 확신이 들었다.

* * *

연기할 때 사적인 감정은 거의 개입시키지 않는 편이었다.

극단에 있을 때도 흔들림 없는 몰입으로 동료들에게 제

법 칭찬받기도 했다.

 하지만 어째서인지 아르크스의 존재만큼은 이상할 정도로 언짢게 다가왔다.

 '진짜 아렌트의 영향이겠지.'

 싫어하는 음식을 마주할 때처럼, 몸에 남은 거부감이 자꾸만 고개를 들었다. 그와 더불어 놈이 생각보다도 끈질기다는 점 역시 한몫하는 것 같았다.

 다그닥, 다그닥.

 느긋하게 말을 달리는 동안에도 아르크스는 끊임없이 아렌트 근처를 맴돌았다. 그러면서도 말을 걸 엄두는 나지 않는지 계속해서 눈치만 봤다.

 그런 와중에 아렌트는 정말 눈길조차 주지 않으니 지켜보는 주변 사람만 환장할 노릇이었다.

 결국 보다 못한 아서가 슬그머니 아렌트에게 가까이 다가갔다.

 "야, 네 형님이 아까부터 엄청나게 쳐다보시는데."

 "냅둬요. 봐도 봐도 잘생겼겠지."

 "……."

 놈의 헛소리는 멈추는 날이 없었다.

 "그리고 저한테 형님이 어디 있습니까? 있긴 했지만, 여튼 없습니다."

 "너는 진짜……."

하지만 그 기분도 영 이해가 안 가는 건 아니었다.

온갖 귀족들과, 심지어는 황태자까지 지켜보는 가운데 백작과 절연했으니까.

"그리고 지금 아쉬울 사람은 제가 아니라 저 사람이니까요. 무슨 꿍꿍이인지도 모르겠고."

"꿍꿍이?"

"백작가에서 뭔가를 사주받고 따라붙었다는 가능성이 완전히 없다고, 선배는 그렇게 확언할 수 있어요?"

"……."

그 말에 아서가 입을 꾹 다물었다.

지금의 아렌트는 손에 쥔 게 많았다.

다른 귀족들은 일전에 한번 크게 데인 뒤로는 아예 미친놈이라 낙인찍고 접근조차 하지 않았지만, 혈연이라는 게 아직 남은 에크하르트 백작가라면 이야기는 조금 달랐다.

노이만 상단과의 두터운 친분, 그리고 지금 와서는 황태자의 복심 노릇까지 하고 있으니 백작으로서는 아렌트를 놓친 걸 뒤늦게 후회할지도 몰랐다.

하지만…….

"황태자 전하께서 그 정도도 생각 안 하셨을 것 같지는 않은데."

무심코 내뱉은 말에 아렌트의 눈썹이 와락 구겨졌다.

그 흉흉한 기세에 아서가 슬그머니 거리를 벌렸다.

곱지 않은 눈으로 선배를 흘겨본 아렌트는 말에 박차를 가해 좀 더 그와 멀어졌다.

에크하르트 백작가는 쓸모없는 인맥이었다.

지금 당장 믿을 수 있는 사람은 얼마 없었다.

'성검의 푸른 기사'에서 확실한 신의를 보이거나, 그리고 소설에서는 적이었지만 완전히 이쪽 편으로 돌아섰거나.

지금 상황에서는 그 외의 인간을 가까이 두는 건 썩 내키지 않는 일이었다.

'귀찮게 하긴.'

아르크스가 아무런 사심 없이 다가오는 거라고 쳐도, 그의 뒤에 있는 에크하르트 백작의 존재 역시 무시할 수 없었다.

간신히 귀족들을 정리했는데, 그렇지 않아도 황태자에게 호의적이지 않은 백작을 중심으로 다시 들고일어나기라도 하면 성가신 일이 벌어질 게 뻔했다.

아렌트는 헨리가 탄 마차 쪽을 힐끗 보았다.

마부 한 명과 헨리를 수행할 시종 몇 명, 그리고 라이오스를 포함한 기사 셋과 아르크스.

일행은 이게 다였다.

'건방진 배신자 놈아. 너는 어떻게 생각하냐?'

아무래도 상대는 사과할 상대를 착각한 것 같은데, 그

걸 직접 알려 줄 수도 없고.

가볍게 고개를 내젓는 것으로 상념을 털어 버렸다.

자꾸 고개를 드는 짜증 역시 '아렌트'의 역할이라면 그걸 감당하는 것도 제가 할 일이긴 했다. 피하기만 하는 것 역시 '아렌트'답지 않은 일이니, 냅다 들이받는 게 차라리 속 편할 것 같았다.

'죽도록 괴롭히다 보면 태도를 확실히 하겠지.'

아렌트가 결심한 순간, 아르크스는 괜한 섬뜩함에 몸을 부르르 떨어야 했다.

위통에 시달리는 기사단장과 애써 시선을 돌리고 있는 우직한 기사, 후배에게 매일 괴롭힘 당하는 기사.

어떻게 하면 형을 괴롭힐 수 있을까 고민하는 동생과 그 동생 눈치를 보는 귀족가 장남…… 그리고 슬쩍 떨어져 있는 귀족가 차남은 천천히 나아가고 있었다.

목적지는 국경 산맥이었다.

3장. 괴물 같은 인간들

괴물 같은 인간들

 평소 성질머리야 어떻든, 아렌트는 머리가 좋은 놈이었다.
 지금 와서 그걸 부정할 사람은 아무도 없었다.
 온갖 계책을 내고, 황당무계한 작전이라도 어떻게든 성공으로 이끄는 놈의 능력을 깎아내리기란 불가능했다.
 아서는 아렌트가 있는 쪽을 물끄러미 바라보았다.
 '솔직히 열받지.'
 놈은 못 하는 게 없으니까.
 석방된 뒤에 검도 조금 휘적거리나 싶더니 실력이 급속도로 늘어, 이제는 3기사단의 다른 기사들과 비교해도 전혀 뒤떨어지지 않을 정도였다.
 게다가 상황 판단이 빠른 것은 물론 실행력도 있고, 그를 뒷받침하는 담력은 타의 추종을 불허했다.

하지만 양손에 차고 넘칠 정도로 많은 재능들을 나열해 놓고, 그중 무엇을 가장 잘하냐고 묻는다면 물론······.

"아렌트, 잠깐 이야기 좀."

"아~ 귀가 간지럽네. 어디 귀족가 도련님이 짖나."

사람 빡치게 하는 일이었다.

'저래도 괜찮은 거 맞나?'

아서는 조금 아득하게 두 사람을 보았다.

개가 짖는다는 것도 아니고, 귀족가 도련님이 짖는다니. 생전 처음 듣는 조합의 단어였다.

아렌트의 기행에 익숙한 아서마저 아득해질 지경이니, 저 기함할 만한 말을 들은 아르크스 폰 에크하르트 역시 넋이 나가 멍하니 제 동생의 뒷모습을 바라볼 뿐이었다.

그러거나 말거나 아렌트는 아랑곳하지 않고 제 말에게 물을 먹이기 시작했다.

어느새 마차에서 내려 다가온 헨리가 어색하게 웃었다.

"아렌트 경은 뭐랄까······ 여러 의미로 파격적이네요."

"하하······ 죄송합니다."

"아서 경께서 사과하실 일은 아니에요."

"그래도 죄송합니다."

어쨌든 사과를 해야 할 것 같았다.

황궁을 떠나온 지도 며칠째.

여정을 이어 가던 중, 말을 쉬게 할 겸 잠깐 휴식을 취하는 중이었다.

하늘은 더없이 높고 맑았고, 길이 가로지르는 너른 들판은 그야말로 평화를 단어 그대로 옮겨 놓은 듯했다.

일정이 여유로운 것은 아니었지만, 이런 순간에는 여행 기분을 만끽해도 괜찮으련만.

그런 여유가 무색하게도, 형제 싸움 사이에 낀 일행은 죽을 맛이었다.

아서 곁에 서 있던 리히트가 한마디를 얹었다.

"공자님도 쉽게 포기를 안 하시는군."

"고집이 제법 세거든요. 저 녀석."

헨리가 옆에서 거들었다.

그들이 두런두런 시답잖은 대화를 나누는 와중에도 아르크스는 다시금 아렌트에게 가까이 다가가려 애쓰는 중이었다.

그러다가 슬쩍, 말을 걸려고 했지만 이번에도 아렌트가 선수를 쳤다.

"높으신 분들은 좋겠습니다? 이랬다저랬다 변덕을 부려 대도 다들 받아 주는 모양이고."

"……."

비꼬는 실력이 아주 수준급이었다. 듣는 사람은 어처구니가 없어질 수밖에 없었지만.

결국 보다 못한 아서가 태클을 걸었다.

괴물 같은 인간들 〈99〉

"너도 귀족 태생이잖아."

"아아~ 그랬죠. 하지만 다 옛날 일이잖아요. 집안에서 내쳐진 지가 언젠데."

손을 휘휘 내젓는 아렌트의 말이 이어질수록 아르크스의 낯은 차차 흙빛이 되어 갔다.

그 꼴을 보던 헨리가 애매하게 미소 지었다.

"내버려 두세요. 스스로 감당할 일이잖습니까. 다 자기 잘못이지."

"뭐어…… 그건 그렇습니다만."

눈앞에 펼쳐진 꼴을 본다면 누구나 아르크스에게 연민을 느낄 만했지만, 어쨌든 지금 숙이고 들어가야 할 사람은 다름 아닌 아르크스였다.

짧게 한숨을 내쉰 리히트가 그답지 않게 사적인 물음을 던졌다.

"공자께서는 아르크스 공자님과 오랜 지기십니까?"

"네에, 아카데미에 다닐 때부터 알아 왔답니다."

"그때도 저 두 사람…… 사이가 많이 안 좋았습니까?"

가만히 듣던 아서가 슬그머니 끼어들자 헨리가 고개를 끄덕였다.

"아마도요. 사실 저도 잘 알지는 못합니다. 원체 집안 이야기를 잘 안 하는 편이었고…… 아렌트 경이라는 동생이 있다는 것도 안 지 얼마 안 되었으니까요."

"얼마 안 되었다 하심은……?"

"아렌트 경이 황실 기사단에 입단했을 무렵쯤에 소문으로 들었습니다. 에크하르트 백작가의 차남은 검에 탁월한 소질이 있다고요."

헨리가 쓴웃음을 지었다.

"얼마 안 지나서 성격이 장난 아니라는 이야기로 바뀌었지만."

"……."

그랬지. 지금도 그렇고. 예나 지금이나 감당하기 힘든 건 마찬가지였다.

그들은 다시 아렌트와 아르크스를 관전하기 시작했다.

"아아, 가문에서도 내쳐진 주제에 말이 너무 심했습니까?"

"……."

"그래도 뚫린 입인데 말은 하고 싶은 대로 해야죠. 그래야 박차고 나온 보람이라도 있지."

그딴 이름 줘도 안 가진다고 했던 건 바로 아렌트 본인이었지만, 지금 그게 중요한 건 아니었다.

"제 생각에, 저 새끼 일부러 저러는 것 같습니다."

"동의한다."

아서의 말에 리히트가 조용히 고개를 끄덕였다.

아르크스가 저렇게 졸졸 따라다니지 않았다면 거꾸로 아렌트가 쫓아다니면서 괴롭혔을 게 분명했다.

"왜요. 말고삐라도 잡아 드릴까요?"

"그, 아렌트."

"에크하르트 백작님을 대리하는 귀하신 공자님이 말을 직접 몰면 안 되지요."

"아렌트, 그러니까……."

"아니면 뭐, 요깃거리라도 준비해 드릴까요? 발 닦을 물?"

"내가 잘못했다……."

이어지는 공세에 지친 아르크스는 결국 제 손에 얼굴을 파묻을 수밖에 없었다.

이런 와중에 가장 의외인 것은 라이오스가 가만히 지켜만 본다는 점이었다.

놀랍게도 아직까지 아렌트에게 예절 교육을 시키는 것을 포기하지 못한 사람이었다. 원래라면 저 꼴에 머리를 부여잡아도 다섯 번은 더 부여잡았어야 할 그인데, 지금은 어째서인지 멀찍이 떨어져 모르는 척만 하고 있었다.

대화야 다 들릴 테니 이따금 얼굴 근육이 꿈틀거리긴 했지만.

저 행동 역시 조금 생각해 보면 해석이 가능했다.

모든 일에 사적인 감정을 끼워 넣지 않기로 유명한 라이오스지만, 그에게도 딱 한 가지 예외가 있었다.

자신 아래의 기사가 엮인 일.

아르크스가 말로 두들겨 맞는 것을 묵인하는 걸로, 아렌트의 편을 들어 주겠다는 뜻을 은연중에 드러내는 것이다.

아무래도 에크하르트가 장남의 수난은 한동안 계속될 듯 보였다.

* * *

다시 여정을 시작한 이들은 해 질 녘이 되어서 작은 마을에 도달했다.

여관 주인에게서 방을 배정받은 라이오스는, 그중 가장 크고 좋은 객실을 헨리와 아르크스에게 내주었다.

"오늘은 여기에서 머물 겁니다. 협소한 공간이라 많이 불편하시겠지만, 하루만 참아 주시면 감사하겠습니다."

"신경 쓰지 마세요, 단장님. 여행에는 익숙합니다."

라이오스가 고개를 살짝 숙이며 말하자 헨리가 웃으며 손을 가로저었다.

"식사는 방으로 가져다 드릴 겁니다. 저희는 따로 할 일이 있기에 같이 있어 드리지는 못하지만, 근처에 있을 예정이니 여차하면 바로 달려오겠습니다."

"너무 그렇게 신경 쓰지 않으셔도 되는데. 배려에 감사드립니다, 단장님."

간단히 묵례한 라이오스는 두 사람을 방에 남겨 둔 채 떠났다.

"라이오스 단장님도 참 멋진 분이시라니까. 저런 사람 아래에서 일한다면 확실히 목숨을 불사해도 아깝지 않을 것 같아."

"……."

헨리가 감탄사를 터뜨렸지만 아르크스는 입을 꾹 다문 채 대답하지 않았다.

그 침묵에서 무언가를 읽어 낸 헨리가 피식 웃었다.

"부러워?"

"라이오스 드 윈프리드 단장님은 어린 시절에 가족을 모두 잃어버리고, 지금의 자리까지 혈혈단신으로 올라가신 분이지."

잠깐 뜸을 들이던 아르크스가 결국 입을 열었다.

"그 과정에서 얻어 내신 것들을 부럽다고 가볍게 말하는 건 옳지 않아."

"그거야 그렇지만 이런저런 건 차치하더라도, 일단 아렌트 경을 감당한다는 점만 봐도 굉장하시지 않나?"

"……부정은 못 하겠군."

아르크스는 한숨을 터뜨리며 마른세수를 했다.

하루 종일 아렌트와 벌인 대거리 탓인지 그의 낯에 피곤함이 뚝뚝 묻어났다.

물끄러미 그 모습을 바라보던 헨리가 은근한 목소리로 물었다.

"말 안 할 거냐?"

"뭘."

"네가 왜 영지에서 나왔는지."

"안 할 거다."

단호한 대꾸가 돌아왔다.

"왜?"

"핑계로 삼고 싶지 않으니까."

"하여간 너도 고지식하다니까."

헨리는 입을 비죽였지만 그 이상 참견할 생각은 없는지 입을 다물어 버렸다.

둘 사이에 대화가 잠시 끊기고 잠시 후, 아르크스가 몇 번째일지 모를 한숨을 내쉬며 몸을 일으켰다.

"어디 가게?"

"산책. 기다리지 말고 식사 먼저 해."

그 한마디만을 남긴 채, 아르크스는 방에서 빠져나와 버렸다.

계단을 내려가자 1층의 식당이 보였다.

저녁 식사 시간 무렵이라 그런지 제법 시끌벅적했다. 종업원들이 바쁘게 음식과 술을 나르고, 손님들은 와자지껄하게 떠들며 식사에 열중하고 있었다.

계단참에 서서 아래를 훑어보던 아르크스는 곧 익숙한 뒤통수를 발견했다.

'아렌트?'

그리고 그 옆은 아서 노버트와 라이오스 드 윈프리드였다.

언제 평상복으로 갈아입었는지, 그들은 어느새 테이블 하나를 차지하고서 다른 사람들과 섞여 식사를 하는 중이었다.

'이런 곳에도 섞여 들 줄 알았던가?'

눈을 의심할 수밖에 없었다.

평소 깨끗한 것을 좋아하는 동생은 사람들과 함께 식기를 사용하는 것을 극도로 혐오했다. 백작가에는 아렌트 전용 식기가 있어 사용인들이 따로 관리할 정도였으니까.

하지만 지금의 아렌트는 다른 사람들이 썼을 게 분명한 잔에 입을 대 가며 술을 거리낌 없이 들이켜는 중이었다.

심지어 아래층은 자신 역시 함께하기 껄끄러울 정도로 붐비고 시끄러운 자리였다. 귀족이 아니면 평범하게 대화하는 것조차 싫어하던 녀석이 쉬이 섞여 들 자리가 아닐 텐데.

잠시 후, 밖으로 나갔던 리히트 폰 크리산타 역시 테이블에 합류했다.

아서가 아렌트에게 무어라 얘기를 하고, 리히트가 거기에 동조하는 것이 보였다. 식사에 열중하던 라이오스는 막 주인장이 가져다준 새로운 요리를 기사들 앞으로 밀어 주었다.

신기한 광경이었다.

공작가 자제치고는 소탈한 편인 헨리조차도 방에서 따로 식사하겠다고 말했고, 자신 역시 저 틈에 낄 엄두가 나지 않는데.

저들 중 평민 출신은 아서 노버트뿐인데도, 평민들과 뒤섞여 아무렇게나 식사한다는 것에 불만을 품은 사람은 아무도 없어 보였다.

선배들과 아웅다웅하면서도 요리들을 야무지게 입에 집어넣는 아렌트에게서 도무지 눈이 떨어지지 않았다.

그래서일까, 그는 식당에 있는 그 누구보다도 먼저 아렌트의 돌발 행동을 감지했다.

씨익, 아렌트가 의미심장한 미소를 지은 것이다.

'뭐지?'

마침 같은 것을 봤는지 아서와 리히트가 경기를 일으키며 질색을 했다. 라이오스 역시 눈을 휘둥그레 뜨고 포크를 내려놓았다.

하지만 이미 때는 늦은 뒤였다.

다른 이들이 말리기도 전, 그가 지나가던 주인장의 옷깃을 덥석 붙잡은 것이다.

"아이고, 뭐 더 필요하십니까?"

방을 잡을 때 귀족임을 밝힌 탓인지, 주인장이 깍듯하게 응대해 왔다.

아렌트는 자연스럽게 술을 더 주문하고는 입을 열었다.

"그런데 주인아저씨, 최근에 들은 재미있는 이야기 없어?"

"예? 재미있는 이야기…… 말씀이십니까?"

그리 언성을 높인 것도 아닐 텐데, 소란에 묻혔던 아렌트의 목소리가 아르크스가 있는 자리까지 또렷이 들려왔다.

"아니, 별건 아닌데."

분명히 뭔가가 있는 어조로, 아렌트가 은근히 운을 띄웠다. 주인장이 의아하게 고개를 갸웃하자 주변의 다른 손님들도 하나둘씩 기사들에게 시선을 주기 시작했다.

"야, 야! 뭐 하는 거야?"

"잠깐만. 잠깐만 멈춰라, 아렌트!"

아서와 리히트가 다급하게 손을 휘적거렸지만, 아렌트는 매끄러운 움직임으로 그 손길들을 무사히 피해 버렸다. 그러고는 사람들이 가득한 식당 안에서 기어이 금기된 화제를 꺼내 놓고야 말았다.

"신의 이름을 파는 사기꾼 놈들이 요즘 기승이래서, 혹시 여기까지 왔나 하고."

당연히, 지켜보던 아르크스 역시 아연실색할 수밖에 없었다.

'이거…… 잠행 아니었던가.'

＊　＊　＊

　북적이는 식당에서 식사하자고 제안한 것은 바로 아렌트였다.

　이유는 단순했다.

　"분위기를 좀 알아봐야겠어요."

　"분위기?"

　"세상 돌아가는 꼴은 확인해야죠."

　부서진 심장의 검을 대상으로 수배령이 떨어지기도 했고, 혹시 모를 민간의 분위기도 파악할 필요성은 있었기에 다들 순순히 동의했다.

　애초에 발화자가 아렌트인 이상, 그들에게는 처음부터 거부권이 없는 것과 마찬가지였고.

　잠시 후, 필요할까 싶어 챙겨 온 수수한 사복으로 갈아입고서 사람들 사이에 섞여 들었다.

　그들을 발견한 주인장은 조금 의아해했지만, 아서가 손짓을 한 번 해 주자 대충 눈치를 채고는 입을 다물어 주었다.

　"그나저나 언제까지 그럴 거야?"

　"뭐가요?"

　"뭐긴 뭐야. 아르크스 공자님 말이지."

제일 먼저 화두를 던진 건 아서였다.

아렌트는 포크로 쿡, 찍은 고기를 입에 쏙 집어넣었다.

"내가 뭘 했다고요."

"일부러 박박 긁어 댔잖아."

계단참에서 이쪽을 바라보는 아르크스의 시선쯤이야, 모두 알아차린 뒤였다.

제 동생을 멀찍이서 바라보는 눈길이 어째 애처롭기 그지없었다.

그걸 그냥 내버려 두고 있다는 것만으로도 상당히 의외였다.

저놈 성격에, 정말로 내칠 생각이었다면 이 정도로 끝나지 않았을 것이다.

리히트와 라이오스 역시 같은 생각을 했던 건지 아렌트 쪽으로 시선을 모았다.

아르크스는 꾸준히 거절당하는 중이라고 여길 테지만, 그들 눈에는 조금 다르게 보였다.

"뭔가 알아내고 싶은 게 있나?"

"목적이요."

고기를 꿀꺽 삼킨 아렌트가 퉁하니 대꾸했다.

리히트가 의아하다는 듯 되물었다.

"목적?"

"이렇게 구질구질하게 구는 이유 말입니다."

"사심이 없을 가능성도 있지 않나."

"그렇긴 하지만, 그렇다면 더 괘씸하잖아요. 이렇게 매달릴 수 있었던 주제에 지금까지 입 닥치고 있었다는 게."

……참으로 타당한 말이었다.

표정 변화가 많지 않고 무뚝뚝한 면은 어느 정도 닮았다고도 할 수 있겠지만, 두 사람에게서 그 외의 공통점은 전혀 찾아볼 수 없었다.

특히 외모적인 부분에서 그랬다.

에크하르트 백작을 쏙 빼닮은 아르크스와는 달리, 아렌트의 고우면서도 잘생긴 얼굴에서 백작의 흔적은 영 찾기 힘들었으니까.

아서는 아렌트가 으레 하듯 어깨를 으쓱하는 시늉을 해 보였다.

"그래, 뭐. 알아서 해라. 나중에 공자님께 위장약이라도 가져다 드려야지."

"그런 걸 가지고 다녀요?"

"출발하기 전에 챙겼지. 단장님이나 공자님이 필요하실까, 해서."

탁월한 혜안이었다.

라이오스는 주인장이 새로 가져다준 요리를 기사들 앞으로 밀어 주었다.

"그건 그렇고, 평화롭네요."

분명히 전국적으로 경계령이 내려졌을 텐데도, 이곳에서 긴장감의 기색이란 전혀 찾아볼 수 없었다.

하루하루 살아내기 급급한 이들이 어떻게 그런 일에 하나하나 반응하겠냐마는, 악신이 화제조차 되지 않는다는 점은 조금 의외였다.

"신전도 이랬어요? 방금 다녀오셨잖습니까."

"크게 다르지 않았다. 수상한 소문을 듣거나, 괴한을 만난 적은 없냐고 물었는데 딱히 의미 있는 대답은 없었다."

리히트의 대답에 아렌트가 고개를 한쪽으로 기울였다.

"이러면 수배의 의미가 없지 않아요?"

"별수 없지. 좀 큰 도시에야, 영주들이 작정하고 수배령을 반포했다면 여기랑 분위기가 좀 다르겠지만."

이곳은 단지 여행객들을 상대로 돈을 버는 작은 도시에 불과했다. 여기까지 소식이 미치는 것은 크게 기대하기 어려운 일이었다.

"다른 곳도 사실 크게 다르지는 않을걸. 당장 전쟁이 벌어지지 않는 이상은."

"아서."

"삶을 꾸려 나가기도 바쁜 이들이니 손에 닿지도 않는 일에 신경 쓸 여유가……."

"아서."

리히트가 두 번째로 그의 이름을 소리 내어 부르자, 그제야 아서가 말을 멈췄다.

 망할 견습 기사 놈이 은근한 미소를 띤 것을 한 박자 늦게 발견한 것이다.

 "……너, 너. 뭐 하려고?"
 "무슨 생각을 하는지는 모르겠지만, 일단 진정해라."
 "왜 사람을 광견병 걸린 개 취급을 해요?"
 리히트까지 합세했지만 아렌트는 어깨를 으쓱일 뿐이었다.

 불안하게 바라보던 라이오스가 결국 포크를 놓았다.
 "잠깐만, 아렌트. 일단 우리 이야기를……."
 하지만 그의 말이 끝나기도 전.
 덥석.
 아렌트가 지나가던 주인장의 옷깃을 붙잡았다.
 "아이고, 뭐 더 필요하십니까?"
 "여기 술 좀 더 줘. 그런데 주인아저씨, 최근에 들은 재미있는 이야기 없어?"
 그리고 드디어 닫치고 있던 입이 뚫리고야 말았다.
 "예? 재미있는 이야기…… 말씀이십니까? 딱히 없는데요. 이런 소도시에 무슨 별난 일이 있겠습니까?"
 "아니, 별건 아니고."
 사람들의 시선을 사로잡는 건 이런 가벼운 한마디였다.
 주인장이 흥미를 보이며 아렌트 쪽으로 돌아서자, 불길

괴물 같은 인간들 〈113〉

함을 느낀 아서와 리히트가 급하게 손을 내저었다.
"야, 아! 뭐 하는 거야?"
"잠깐만. 잠깐만 멈춰라, 아렌트!"
하지만 상체를 휙 숙이는 것으로 쉽게 공격을 피해 낸 아렌트는 씨익, 웃으며 본격적으로 이야기보따리를 풀어 버렸다.
"신의 이름을 파는 사기꾼 놈들이 요즘 기승이래서, 혹시 여기까지 왔나 하고."
"사기꾼이요?"
주인장이 눈을 휘둥그레 뜨며 추임새를 넣었다.
코믹 연극에 으레 있는 감초 역할로 아주 제격인 사람이었다.
"그래, 사기꾼. 이놈들이 글쎄, 루체 님의 적을 자처하면서 황실에 도전장을 날렸더라고. 아주 건방진 놈들이지. 혹시 알아? 이런 곳에도 한두 명쯤 섞여 있을지도."
"아이고, 여기에 섞여 있다니요! 누가 그런 무서운 짓을 한답니까?"
펄쩍 뛰는 주인장에게 다시 한번 씨익 웃어 보인 아렌트는 자리에서 벌떡 일어나, 방금까지 제가 앉았던 의자에 그를 털썩, 주저앉혔다.
주인장이 큰 소리를 내 준 덕분에 저마다 떠드는 데 집중하던 사람들이 하나둘 이쪽으로 시선을 던지기 시작했다.

"여기에 있다는 게 아니라, 그만큼 놈들이 제국 전역에 퍼져 있다는 뜻이지."

시선은 주인장에게 고정한 채, 목소리는 모두가 들을 수 있도록, 동시에 아무도 거부감을 느끼지 않을 정도로 적당히 키웠다.

"내가 황궁에서 칼 좀 쓰는 사람인데, 얼마 전에 그놈들이랑 한바탕했거든."

그렇게 말하며 제 허리춤의 검을 사람들에게 슬쩍 내보였다.

칼잡이라…… 썩 틀린 말은 아니었지만, 그럼에도 그 미묘한 표현에 일행들의 얼굴이 떨떠름하게 변했다.

"그놈들이라는 게, 아까 말씀하셨던 그 사기꾼들 말이오?"

"그렇다니까. 얼마나 개고생을 했는지."

마침 술에 얼큰하게 취한 여행객이 관심을 보여 왔다.

"황궁의 칼잡이라면 어디 높으신 분들이요?"

"그러고 보니 일행분들이 전부 반반하신 게, 그리 보이는군."

나이 지긋한 용병들이 껄껄 웃음을 터뜨렸다.

산만하던 분위기를 한순간에 휘어잡은 아렌트는 테이블에 걸터앉았다.

"근데 진짜 아무런 소식 못 들었나? 그 난리가 났는데도?"

"무슨 난리가 났기에 그러십니까? 황성에 무슨 큰일이라도 생겼습니까?"

슬슬 관심이 모여들기 시작하자, 아렌트는 마침 종업원이 새로 내온 술을 시원하게 들이켜고는 은근하게 운을 뗐다.

"어디 가서 쉽게 떠들 만한 이야기는 아닌데…… 촌뜨기들이 아무것도 모르는 것 같으니까 특별히 설명해 주지."

지금 아렌트를 말릴 수 있는 사람은 아무도 없었다.

"저 망할 놈……."

"일단 그거…… 대외비다만……."

"아서, 챙겨 왔다던 위장약 좀 주겠나."

기사들은 그냥 모든 걸 포기하고 신에게 기도하는 길을 선택했다.

당연히 사람들의 반응은 뜨거웠다.

자극적인 이야깃거리란 작은 소도시에 갇혀 오락거리에 목마른 이들에게는 가뭄의 단비 같은 거였고, 정보에 민감한 여행객들에게는 새로운 정보를 접할 수 있는 좋은 기회였다.

아렌트는 양쪽 모두의 갈증을 채워 주며 제 무용담을 거짓과 어느 정도의 과장을 섞어 늘어놓았다.

"……그래서 그놈을 단칼에 베어 버렸지."

처음부터 유난히 좋은 반응을 보였던 주인장은 술까지

연거푸 가져다주며 다음 이야기를 재촉했다.

그리고 이야기가 두 악적, 즉 빈센트와 블레이크가 등장한 지점까지 이르자 잔뜩 취한 사람들이 흥분하기 시작했다.

"감히 이놈들이 루체 님과 황실을 능멸하려 들어?"

"찢어 죽여도 모자랄 놈들 같으니."

어느 순간부터 테이블을 여기저기 옮겨 다니며 떠들어 대던 아렌트가 어깨를 으쓱했다.

"그렇다니까. 한 놈은 그렇게 죽었고, 한 놈은 꽁지가 빠져라 도망쳤으니 그 값은 치른 셈이지."

"그럼 지금 그 도망친 녀석을 뒤쫓으시는 겁니까."

"맞아. 그것 때문에 여기까지 온 거지. 귀찮아 죽겠다니까."

아렌트의 무용담에서 체르니온을 모시는 교단은 약자를 현혹해 사기 치는 사이비 집단, 수단과 방법을 가리지 않고 모든 돈으로 국가 전복을 꾀하는 반역자 놈들로 자리 잡았다.

"그러니까 당신들도 조심해. 어느 순간 반역자 놈들이랑 어깨를 나란히 하고 있을지 몰라. 누가 루체 님보다 좋은 신이 있다면서, 한번 따라와 보라고 꼬드겨도 넘어가지 말고."

"에이, 저는 루체 님께 한 몸 바친 사람입니다. 그럴 리가 없지요."

나이 지긋한 용병이 껄껄 웃으며 손을 내저었다. 그의 목에서 루체 신을 상징하는 빛무리 모양 장식이 달린 목걸이가 달랑댔다.

"그야말로 신의 사자시군요, 여러분들은."

"감히 루체 님의 사자를 자칭하기는 아직 미욱하지. 놈들을 뿌리 뽑은 뒤라면 또 모르겠지만."

어느새 아렌트에게 날아드는 말들도 극존대로 바뀌어 있었다.

존경과 흠모의 시선을 쏟아 내는 이들과, 그걸 또 뻔뻔하게 받아들이는 아렌트, 그리고 그 뒤에서 차마 고개조차 들지 못하는 기사들이 묘한 대비를 이뤘다.

자꾸만 목이 바짝바짝 타들어 가는 기분에 아서가 남은 술을 들이켰다.

"저 대단한 새끼……."

몇 번 본 거지만, 봐도 봐도 신묘한 재주였다.

위장이 쓰리다 못해 이젠 두통까지 올라오는 듯해 라이오스는 관자놀이를 꾹꾹 눌렀다.

"……하지만 유효한 행동이라는 것도 사실이다."

"예? 그렇습니까?"

"여행객, 용병, 이 지역 사람들이 모두 모인 자리다. 소문이 빠르게 퍼져 나갈 거야."

아렌트가 떠들어 대는 대서사시를 곧이곧대로 믿지 않는 사람도 여럿 있을 것이다.

하지만 상관없었다.

한순간의 오락거리로 소비되고 잊힌다 한들, 언젠가 진짜 악신교와 마주하게 된 순간 이들은 아렌트의 이야기를 다시 떠올릴 것이다.

황실에 대적하는 사기꾼.

한번 뿌리박힌 인식은 좀처럼 흔들리지 않는다. 그렇다면 적어도 이들이 체르니온 교의 꼬임에 넘어갈 확률은 조금 줄어들겠지.

함부로 정보를 푸는 건 위험하지만, 아렌트가 떠들어 댄 것은 소문 형태의 '이야기'일 뿐이니, 그 부분에서도 문제가 생기지는 않을 터.

분명 아렌트라면 실행에 옮기기 전 거기까지 계산을 모두 마쳤을 것이다.

마지막 남은 문제는 기사로서의 체통뿐인데…….

한 손으로 술을 붙잡고 물 만난 물고기처럼 떠들어 대는 꼴을 보자니 참 착잡했다.

기사라기보다 옛날이야기에 나오는 음유 시인, 혹은 광대에 더 가까워 보였으니까.

'그냥 포기하자.'

아서가 그랬던 것처럼 묵묵히 술이나 들이켜던 라이오

스는 문득 아르크스가 서 있는 곳을 확인했다.

아르크스는 여전히 그 자리에서 아렌트를 지켜보고 있었다.

무표정한 낯에 심란함이 가득했다.

* * *

무용담을 다 떠들어 댄 뒤에도 아렌트는 식당 문을 닫을 때까지 먹고 마시고 떠들었다.

시종일관 시큰둥하면서 재수 없는 어투로 사람을 대하면서도, 화젯거리가 끊이지 않고 온갖 잡담을 떠들어 댈 수 있는 것 역시 놈의 기이한 특기 중 하나였다.

새벽이 다 되어서야 일행은 방으로 돌아올 수 있었다.

하지만 아렌트는 쉴 수 없었다. 짐 틈에 몰래 가져온 통신용 수정구에서 반응이 온 것이다.

기사들의 눈을 피해 슬그머니 밖으로 나온 아렌트는 통신을 연결했다.

- 아, 아렌트 경. 아직 안 주무셨군요. 다행입니다.

슈타들러 백작의 목소리가 들려왔다.

"백작님이야말로 늦은 시간까지 뭐 하십니까?"

- 아렌트 경께서 부탁하신 것들이요. 고대 문서 쪽에서 비슷한 내용으로 보이는 기록들을 찾았습니다.

그야말로 기다리던 연락이었다.

아렌트의 입가에 미소가 드리웠다.

"좋은 소식이네요."

— 말씀하셨던 밤의 신 쪽 기록인 듯한데…… 대충 훑어봤을 때는 설화에 가까운 이야기인 것 같았습니다.

"뭐든 좋아요."

— 알겠습니다. 복귀하시면 바로 확인하실 수 있도록 준비해 두겠습니다.

통신을 끊은 아렌트는 벽에 등을 툭 기대고 하늘을 물끄러미 올려다보았다.

밤하늘에 흩뿌려진 별이 차갑게 반짝였다. 날이 조금 흐린 탓인지 평소보다 유난히 어둠이 짙은 것 같기도 했다.

그러나 어설프게 몸을 숨긴 인기척이 완전히 지워질 정도는 아니었다.

"진짜 짜증 나게 하네."

노골적으로 신경질을 드러내자 어둠 속에서 숨죽이고 있던 그림자가 움찔했다.

벽에서 등을 뗀 아렌트가 그쪽으로 몸을 돌렸다.

"엿듣기가 취미이신 줄은 몰랐는데요. 에크하르트 백작가의 후계자가 그런 짓을 하셔도 되는 겁니까?"

"엿들은 게 아니다. 나는 그냥, 네가 밖으로 나오기에……."

황급히 변명하려던 아르크스가 입을 꾹 다물었다. 그리

고 잠시 후, 한숨을 내쉬며 대답했다.

"미안하군. 하지만 고의는 아니었다. 제대로 듣지 못했으니 너무 걱정하지 마라."

"……화법이 좀 바뀌셨네."

팔짱을 낀 아렌트는 눈을 가늘게 뜨고 아르크스를 아래위로 훑어보았다.

"무슨 볼일입니까?"

"대화를 하고 싶었을 뿐이다."

처음으로 동생이 온건한 반응을 보이자, 이때다 싶어 아르크스가 재빨리 말했다. 하지만 아렌트는 그에 순순히 응해 줄 생각이 없었다.

"저는 할 이야기 없습니다만. 이제 와서 우리가 나눌 대화가 더 있습니까?"

"아렌트."

"잘 돌이켜 보시죠. 당신이 무슨 소리를 하든, 제가 들어야 할 의무가 있습니까?"

싸늘한 음성이 차가운 밤공기와 함께 귓가를 스쳤다.

아렌트는 그 자리에 미동도 없이 서서 반대편을 가만히 응시하기만 했다.

어디 한번 대답해 보라는 듯이.

지금 실수한다면, 두 번 다시 아렌트와 마주할 수 없을 거란 직감이 들었다. 처음 느껴 보는 긴장감에 아르크스는 저도 모르게 주먹을 몇 번 쥐었다가 폈다.

무슨 말을 해야 할까.

널 돌보지 않은 건 사실이지만, 아버지는 너를 사랑하신다? 그간의 잘못은 묻어 둘 테니 백작가로 돌아와라? 체질에 맞지도 않는 위험한 일은 그만둬라?

퍼뜩 떠오른 건 이 정도였지만, 그 어느 쪽도 옳은 답은 아니었다.

지금 꺼내선 안 되는 말이기도 했고.

한참 동안 침묵을 지키던 그가 드디어 입을 열었다.

"미안했다."

"……."

사심 하나 담기지 않은, 진솔한 사과였다.

"내가 널 좀 더 잘 돌봤어야 하는데, 내 실책이다. 아버지는 공사가 다망하시니……."

"아버지 이야기는 빼고."

"……내가 좀 더 적극적으로 움직였다면 네게 도움을 줄 수 있었을 거다. 그리고 어릴 때도 널 방치하지 않았더라면, 어쩌면…… 결과가 조금 달라졌을지도 모를 일이지."

방치.

그 단어에 아렌트의 눈썹이 살짝 꿈틀했다.

"어머님이 돌아가시고 나서 나라도 널 돌봤어야 하는

데, 미안하다."

 고해 성사하듯 말을 마친 아르크스는 눈을 질끈 감아 버렸다.

 그래서 보지 못했다.

 자신을 응시하는 동생의 눈이 착잡하게 가라앉은 것을.

 '사과할 사람을 잘못 찾았다니까.'

 이런 서투른 놈들.

 본래의 아렌트가 삐뚤어진 이유의 단면을 조금 엿본 것 같았다.

 아르크스를 살살 긁으면 에크하르트 백작가의 내부 사정을 알 수 있을지도 모르겠다고 기대하긴 했지만.

 '어린애 뺨 때린 기분인데.'

 이 몸의 원래 주인도, 그 앞에서 눈도 못 마주치는 에크하르트 백작가의 장남도 자신보다 훨씬 아래의 연배니까.

 "공자님. 아니지, 형님. 잘 생각해 보세요."

 바뀐 호칭에 아르크스가 눈을 크게 떴다. 그런 그와 시선을 맞추며, 아렌트는 담담하게 말을 이었다.

 "제가 감옥에 갇혔을 때, 변호의 기회도 주어지지 않고서 그대로 처형당했다고 가정해 보죠."

 실제로, 아르크스의 진짜 동생이자 에크하르트 백작가의 차남은 그렇게 죽었다.

 "반역자가 되어 죽은 제 무덤 앞에서도 그렇게 말씀하

셨을 겁니까?"

"그건……."

"지금의 제가 아니라 황실 기사단의 오물, 쓰레기, 망나니 새끼였더라도 같은 말을 하셨을 거냐고요. 그건 아니라고 생각하는데."

아르크스의 사과를 받아들여 줄 사람은 이미 사라지고 없다.

자신이 그의 역할을 계승해 연기한다 하더라도, 어쨌든 진짜 '아렌트'는 아니니 아르크스를 용서하는 것은 제 권리 밖이었다.

무엇보다 '아렌트'다운 일도 아니었고.

그렇기에 황금색 눈동자는 한 치의 흔들림도 없이 그저 담담하기만 했다.

"뭐, 어릴 때 일은 제가 왈가왈부할 게 아니긴 합니다만…… 적어도 바로잡을 기회가 한 번쯤은 있었을 거 아냐, 이 멍청한 자식아."

"……미안하다."

결국 아르크스는 다시 고개를 떨구고 말았다.

그 꼴을 보던 아렌트는 쯧, 혀를 차고 말았다.

저 녀석이 뭔가를 노리고 접근해 온 게 아니라는 건 대충 알았으니, 당초의 목적은 달성했다.

게다가 '아렌트 폰 에크하르트'라는 캐릭터의 키워드에

어머니라는 단어가 하나 추가된 것도 이득이라면 이득이었다. 저 덜떨어진 놈을 더 괴롭힐 이유는 없었다.

"됐습니다. 지금 와서 뭘. 용무 끝나셨으면 이번 일정이 끝나는 대로 영지로 돌아가시죠. 댁이 그렇게 죽고 못 사는 백작님이 목 빠지게 기다리실 테니까."

"그게······."

몸을 휙 돌려 버리려던 아렌트는 갈라져 나오는 목소리에 멈칫했다. 다시 뒤를 돌아보니, 짙은 어둠 속에서도 아르크스의 얼굴이 벌게진 것이 보였다.

"······다퉜다."

"다퉜다?"

"아버지와 다투고······ 그러니까, 그냥 혼자 황성으로 왔다. 그래서 당분간······ 그래, 당분간은 돌아가기가 조금······."

어처구니가 없었다.

에크하르트 백작가의 자랑스러운 장남은 처음 장난을 치다 들킨 꼬맹이 같은 꼴로 바닥과 눈싸움을 시작했다.

다투고 혼자 황성으로 향했다는 그 말인즉······.

황당한 목소리가 저절로 튀어나왔다.

"그 나이 먹고 가출하신 겁니까?"

"······."

전혀 닮지 않은 외모, 다른 성격, 지나칠 정도의 불화.

이 모든 것을 이유로, 어쩌면 이들이 혈연이 아닐지도

모른다고 생각한 적도 있었다.

 하지만 지금은 확신할 수 있었다.

 대책 없이 일을 치는 게, 이 새끼들은 형제가 확실했다.

 "아, 몰라. 알아서 하십쇼. 절연을 하든, 반항을 하든. 전 이제 모르는 일이니까요."

 짜증스럽게 쏘아붙인 아렌트는 그를 버려두고 성큼성큼 여관으로 돌아가 버렸다.

 쾅!

 문이 거칠게 닫히는 소리가 먹먹히 밤하늘을 울리고, 혼자 남은 아르크스는 민망함을 주체하지 못한 채 그 자리에 주저앉아 버렸다.

* * *

 다음 날 아침.

 일행은 바쁘게 다시 길을 재촉했다. 아렌트의 구박 역시 다시 시작되었다.

 "집 떠나면 개고생이라던데, 어떻습니까?"

 "알았으니까 그만해라."

 "뭘 그만하라고 하시는 건지 잘 모르겠습니다, 가출 공자님."

 "……."

곧 터지겠네, 저거.

아서가 입모양으로만 중얼거렸다. 하지만 그의 예상과는 달리 아르크스는 잘 참아 냈다.

말고삐를 꽉 쥔 주먹이 부들부들 떨리는 것은 어쩔 수 없었지만.

그날 두 사람이 밖에서 나눈 대화는 기사들 역시 대충 엿들을 수 있었다. 제법 살벌한 내용이 오갔으니, 이젠 얼굴조차 안 볼지도 모르겠단 생각을 했는데.

"역시나……."

이건 리히트의 읊조림이었다.

심각한 분위기가 길게 이어질 리 없었다. 덕분에 아르크스는 얼굴이 벌겋게 익은 채 분노를 삭이느라 애써야만 했다.

그때, 라이오스가 작게 중얼거렸다.

"조금 누그러진 것 같은데."

"예?"

아서와 리히트가 의아한 소리를 내자 라이오스가 그들 쪽을 고갯짓했다.

"저 녀석 말이다."

"누그러진 겁니까? 저게?"

"아마도."

아서가 믿을 수 없다는 듯 몇 차례 되묻자 라이오스도

확신할 수는 없다는 듯 애매하게 대답했다.

그때, 라이오스가 품에 갈무리해 둔 통신용 수정구가 빛을 내기 시작했다. 라이오스는 손을 번쩍 들어 일행을 멈춰 세우고 통신을 받았다.

"라이오스 드 윈프리드입니다."

- 아, 연결됐군. 라이오스 단장, 여정에 문제는 없나?

"예, 황태자 전하. 문제없습니다."

아르크스 공자의 위장에 구멍이 뚫리기 직전이라는 것만 빼면…… 그런 말은 속으로 꿀꺽 삼켰다.

- 그렇다면 다행이군. 미안하지만, 서둘러 줄 수 없겠나?

"……혹시 무슨 일 생겼습니까?"

칸타레스의 목소리가 심상찮았다.

- 큰일은 아니지만, 시기가 참 공교로워서. 그 지역에서 작은 폭발 사고가 일어났다더군.

국경 근처의 산중턱에서 벌어진 일이었다.

누군가가 고의로 폭발을 일으킨 것 같았지만, 여타 흔적은 전혀 남아 있지 않았다. 피해자는 없으며, 단지 방치된 동굴 하나의 입구가 주저앉았을 뿐이었다.

어느새 곁으로 다가와 가만히 이야기를 듣던 아렌트가 첨언했다.

"블레이크네요, 이거. 놈이 가진 아티팩트로 폭발을 일으킨 겁니다."

"이미 놈이 다녀갔다고? 그럼 한발 늦은 건가?"

"늦기는요, 이제부터 시작입니다. 놈의 개수작이 뭔지 알아내야죠. 그 뒤로 흔적을 따라가며 차근차근 뒤를 밟아서 숨통을 조이는 겁니다. 그게 바로 사냥의 기본 아니에요?"

라이오스가 얼굴을 굳히자 아렌트가 노골적으로 한심하다는 눈빛을 보내왔다.

"적이 날 잡아먹으라고 이렇게까지 크게 발자국을 남겨 줬는데, 그것도 못 하면 어디 가서 황실 기사라고도 하지 마십쇼."

여지없이 날아든 독설에 기사들은 그냥 입을 다물어 버렸다.

칸타레스가 그들을 위해 화제를 원래대로 돌려주었다.

─ 어쨌든, 좀 더 서두르도록. 그놈 말대로 가서 놈의 흔적을 쫓아.

"예, 말씀대로 하겠습니다."

통신이 끊어지고, 라이오스는 일행을 돌아보았다.

이미 두 사람의 대화를 들은 아서와 리히트는 당장이라도 튀어 나갈 준비를 마친 상태였다.

하지만 마차는 나아가는 속도에 한계가 있었다. 그렇다고 허허벌판에 공자들을 두고 갈 수는 없는 노릇이었다.

그때, 헨리가 마차에서 내려왔다.

"마차는 버리고 가지요. 저도 말을 타겠습니다."

"하지만, 공자님."

"조금 더 가면 도시 하나가 나옵니다. 시종들에게 마차를 끌고 그쪽으로 가 기다리라고 하겠습니다. 도시 근방이라 치안도 나쁘지 않고 저들도 호신 정도는 충분히 하니 괜찮을 겁니다."

라이오스가 뭐라 더 말하기도 전, 헨리는 제 시종들에게 명령을 내렸다.

잠시 후, 마부가 마차에 묶였던 말 두 마리 중 한 마리를 풀어 안장을 얹은 뒤 헨리에게 넘겨주었다.

"조심해서 다녀오십시오."

"고마워."

마부에게 싱긋 웃어 준 헨리는 가벼운 몸놀림으로 말 위에 올랐다.

"가실까요, 단장님? 따르겠습니다. 국경 쪽에 다다랐을 때는 아무래도 제가 함께 있는 편이 여차 했을 때 유리할 테고요."

"……알겠습니다. 배려에 감사드립니다."

라이오스는 말고삐를 다잡았다.

"속도를 내겠습니다. 그리고 아렌트."

"왜 부르십니까?"

"아르크스 공자 옆에 있지 말고 내 옆으로 오도록."

더 이상 뒀다간 정말 공자의 위장에 구멍이 뚫릴지도 모르니까.

　　　　　　　＊　＊　＊

걸음을 재촉한 그들은 예정했던 것보다 일찍 목적지에 다다를 수 있었다.

이 뜬금없는 비공식 외유의 핑계를 사찰로 댄 이상, 도착하자마자 영주의 얼굴을 본 뒤 영지와 국경 지대를 둘러보는 척이라도 해야 했다.

하지만 그런 절차는 아렌트의 강한 주장에 생략되고 말았다.

"여유가 아주 넘치시나 봐요, 다들?"

"……."

결국, 먼저 향한 곳은 폭발 사고가 일어났다는 산 쪽이었다.

시골의 여유를 느긋하게 즐기던 치안대장은 갑자기 들이닥친 황실 기사단 일행에 기함을 토했다.

"……?!"

우당탕!

갑자기 몸을 일으키는 통에 의자까지 바닥에 뒹굴었지만, 치안대장은 그것도 눈에 들어오지 않는 것 같았다.

"치, 치안대 대장 루크 마이어라고 합니다! 헨리 루 란슬롯 공자님과 라이오스 드 윈프리드 기사단장님을 뵙게 되어 영광……."

"됐고."

하지만 그들을 제치고 제일 먼저 입을 연 것은 새파랗게 어린 견습 기사였다. 라이오스의 어깨를 떠밀고 앞으로 불쑥 튀어나온 아렌트가 담백하게 캐물었다.

"얼마 전에 폭발 사고가 일어났다는 곳. 거기 어디야?"

"……."

입을 쩍 벌린 치안대장은 아렌트와 라이오스, 그리고 헨리를 멍하니 번갈아 바라보았지만…… 이런 상황에 제법 익숙해진 라이오스는 다시 아렌트를 떠밀어 버리고 자신이 앞으로 나섰다.

"한시가 급한 일이다. 안내하도록."

치안대 건물에 짐을 대충 던져둔 뒤, 일행은 치안대장 뒤를 따라 이동하기 시작했다.

"하지만, 정말로 별일 아닌 듯하온데…… 황실 기사단의 단장님께서 직접 확인하지 않으셔도 이미 수습은 끝마쳤습니다."

"그럴 만한 사정이 있다."

눈치를 보며 그렇게 말하던 치안대장은 라이오스의 단호한 말에 입을 꾹 다물고 다시 걷는 데 집중했다.

말을 끌고 가지 못할 정도로 산세가 제법 험했다.

바위와 암석으로 이루어진 산은 풀포기나 드문드문 자라 있을 뿐, 말라비틀어진 나무와 돌멩이만 굴러다니는 살풍경이 계속 이어졌다.

"두 분께서는 더 올라가지 말고 여기서 하산하시는 게……."

"에이, 여기까지 왔는데 좋은 구경을 놓칠 수는 없지요."

리히트의 권유에 헨리가 싱긋 웃으며 너스레를 떨었다. 묵묵히 걸음을 옮기는 아르크스 역시 돌아갈 생각은 전혀 없어 보였다.

"위험할 수도 있습니다."

"괜찮습니다. 제 한 몸 정도는 지킬 수 있으니까요. 이래 보여도 실전 경험까지 있답니다?"

"그러다 죽지, 그러다가."

불쑥 튀어나온 퉁한 목소리에 리히트와 헨리가 동시에 입을 다물었다.

아렌트는 앞만 보고 성큼성큼 산을 올라가고 있었다.

"저 도련님들, 여기에서 죽으면 누구 탓이 되는 겁니까? 설마 우리예요?"

"아무래도 그렇겠지. 같이 있었는데도 지키지 못한 책임은 피할 수 없을 테니까."

"악신교의 손에 저 두 사람이 사망했다고 발표하면, 좀 더 대대적인 경계령을 내릴 수 있지 않겠습니까?"

"물론 가능하겠지만, 그러기 전에 우리가 먼저 기사직을 박탈당하지 않을까?"

"아서, 너도 닥쳐라."

아렌트와 아서가 주거니 받거니 하는 대화를 듣다 못한 리히트가 으르렁거렸다.

이런 순간에도 긴장감이 전혀 없다니.

헨리가 어색한 웃음을 흘렸다.

쓸데없는 대화를 나누는 사이, 일행은 입구가 무너져 내린 동굴 앞에 다다랐다. 제법 큰 폭발이 있었던 건지, 땅이 파이고 근처 암석이 깨진 게 굴러 떨어져 주변이 엉망이었다.

"이곳입니다만…… 보시다시피 별건 없습니다. 내부도 그냥 작은 동굴일 뿐입니다. 이 꼴이 되기 전에도 산짐승이 겨울잠 잘 때나 쓰는 곳이겠거니, 해서 아무도 손을 대지 않았고요."

"고맙군. 이제 자네는 복귀해도 좋다."

"예?"

"복귀하도록. 우리는 알아서 돌아갈 테니."

라이오스의 명령에 치안대장은 어쩔 수 없다는 듯 고개를 푹 숙여 마지막 인사를 건네곤 몸을 돌려 하산하기 시작했다.

그가 충분히 멀어지자, 라이오스가 손수 검을 뽑아 들

었다.

"물러서라."

"안에 있는 것까지 같이 날아가면 안 되니까, 적당히 하십쇼."

"알겠다."

아렌트가 참견하자 라이오스가 고개를 끄덕였다.

일행이 충분히 거리를 벌린 것을 확인한 라이오스는 '강한 자의 그림자'를 발동했다.

콰아아앙!

산을 뒤흔드는 소음에 일행은 저도 모르게 귀를 틀어막았다.

먼지가 자욱하게 일고 박살 난 돌덩이들이 사방으로 튀었다.

잠시 후, 고개를 든 그들은 언제 막혀 있었냐는 듯 시원하게 입구를 드러낸 동굴을 마주할 수 있었다.

헨리와 아르크스의 입이 쩍 벌어졌다. 하지만 익히 예상했다는 듯, 아서는 감탄을 터뜨렸다.

"아예 가루를 내 버리신 겁니까?"

"그대로 베어 냈다가는 추가 붕괴가 일어날지도 모르니까. 공자님들은 밖에서……."

"함께 가겠습니다."

이번에도 헨리는 제 뜻을 꺾지 않았다.

라이오스가 착잡한 시선을 보내오자, 헨리는 장난스럽게 씨익 미소 지었다.

"가주께서 제게 명하셨습니다. 공작가의 체통을 무너트리지 말라고. 저도 악신 토벌에 한몫 거들겠습니다."

"공작님이 뜻이 그러시다면, 알겠습니다."

결국 라이오스도 단념하고 말았다.

동굴은 처음 치안대장이 말한 것처럼 협소했다. 굳이 들어가지 않아도, 이미 입구에서 끝이 보일 정도였다.

"정말로 별것 없어 보이는데요?"

"아니요, 마력이 느껴집니다."

헨리가 의아하게 묻는 말에 라이오스가 딱딱하게 대답했다. 아렌트와 아서는 벌써 동굴 안으로 들어가 이곳저곳을 수색하고 있었다.

"단장님, 찾았습니다. 마정석입니다."

잠시 후, 아서가 동굴 가장 깊은 곳에서 외쳤다.

바위 사이에 교묘하게 숨겨진 마정석을 꺼내 부수자, 좁은 동굴의 모습이 신기루처럼 사라지고 더 깊은 곳으로 들어가는 길이 드러났다.

환영 마법을 설치해 진짜 입구를 가려 둔 것이다.

"잘했다."

짧게 칭찬을 건넨 라이오스는 성큼성큼 걸음을 옮겨 가장 먼저 동굴 안쪽으로 들어가기 시작했다.

"여기는 사람이 일부러 만든 공간처럼 보입니다."

그렇게 말하는 아서의 목소리가 웅웅 울렸다. 과연 그의 말대로 암석을 깎아서 동굴을 확장한 흔적이 곳곳에 남아 있었다.

얼마나 안으로 걸어 들어갔을까.

선두에 있던 라이오스가 우뚝 걸음을 멈췄다.

"피 냄새가 나는군."

그 한마디에 다른 이들 역시 그 자리에 우뚝 멈춰 섰다.

동굴은 이제 끝을 얼마 남겨 두지 않고 있었다.

얼마간 입을 꾹 다물고 감각을 곤두세우던 기사들이 일시에 검을 뽑아 들었다.

"단장님?"

"대비하십시오. 옵니다."

라이오스의 단호한 말에 헨리와 아르크스 역시 반사적으로 검을 뽑았다.

쿵. 쿵.

어딘가에서 불길한 울림이 들려오기 시작했다.

그 불규칙한 소리의 근원은 동굴 벽 너머였다. 무언가가 세게 달려와 몸을 처박는 것 같은 소리였다.

아렌트가 입을 열었다.

"형님, 헨리 공자님."

"예, 예?"

"이건 인간 대 인간으로서 충고하는 건데."

꾹.

검자루를 쥔 손에 힘이 들어갔다.

"당장 뒤돌아서서 튀세요."

"아렌트, 지금 뭐라고……."

그 음산한 선언과 거의 동시에.

콰아앙!

길 양쪽 벽이 폭발하듯 무너지며 정체불명의 괴물들이 꾸역꾸역 쏟아져 나오기 시작했다.

"끼에에엑!"

"꺄아아악!"

놈들의 비명 소리가 너른 동굴을 가득 채웠다.

멍하니 있던 헨리가 입을 달싹였다.

"몬…… 스터?"

아니, 그것들과는 모습이 달랐다.

처음 보는 생물이었다. 그것보다…… 저걸 생물이라고 해도 괜찮은 걸까?

허연 살갗에는 누덕누덕 기운 흔적이 고스란히 남아 있었다. 새하얗게 뜬 눈동자에서는 일말의 지능도 느껴지지 않았고, 꾸물꾸물 움직이는 몸뚱이는 온갖 짐승의 것이 다 합쳐진 것 같은 흉측한 모습이었다.

"아, 도망치라고! 시체한테 뜯어먹히고 싶지 않으면!"

괴물 같은 인간들 〈139〉

아렌트의 신경질적인 외침에 그제야 두 공자가 퍼뜩 정신을 차렸다.

상황 파악을 끝낸 아르크스는 헨리의 뒷덜미를 덥석 붙잡아 바깥으로 질질 끌고 나가기 시작했다.

그 기척을 느낀 괴물, 즉 구울들이 기괴한 방향으로 꺾인 고개를 기사들을 향해 돌렸다.

"미친, 저게 뭐야?"

"시체를 기워 만든 구울이요. 놈들이 슈타들러 백작님을 시켜서 만들려고 했던 거고."

설마 이게 여기에서 튀어나올 줄은 예상치 못했다. 빈센트가 뒈졌으니, 이 괴물들도 구경할 일은 없을 거라고 여겼는데.

"약점은 아나?"

"머리와 심장을 터뜨려야 합니다. 저놈들은 살아 있는 게 아니라 마력을 이용해 억지로 조종당하는 겁니다."

라이오스의 침착한 물음에 아렌트가 답을 내주었다.

"그 마력이 머리와 심장에 모여 있다는 거군."

길게 대화할 틈은 없었다. 구울들이 너나없이 이빨을 드러내며 기사들을 향해 달려들기 시작한 것이다.

풀쩍 뛰어 정면으로 달려드는 놈을 단칼에 좌우로 두 동강 낸 라이오스는 쉴 새 없이 밀려드는 구울들을 하나하나씩 처단했다.

머리와 심장을 노리고 두 번 움직일 필요도 없었다. 라이오스의 검기에 닿은 놈들은 검게 썩은 피를 뿌리며 속수무책으로 사지가 찢겨 나갔으니까.

그럼에도 수가 워낙 많았기에 그 혼자 모두 감당할 수는 없었지만, 라이오스는 혼자 온 게 아니었다.

라이오스를 지나쳐 동굴 밖을 향해 달려 나가려던 구울의 머리통에 아서의 검이 처박혔다.

무자비하게 검을 뽑아 심장까지 깔끔하게 찌른 아서는 구울의 시체를 걷어찬 뒤, 이빨을 드러내며 달려드는 다른 놈의 목을 그대로 날려 버렸다.

"이놈들, 그래도 썩 강하지는 않습니다!"

"방심하지 마라, 아서. 머릿수가 엄청나다!"

뒤로 주춤 물러서며, 리히트가 외쳤다.

꾸역꾸역 밀려드는 놈들의 기세를 보니, 적어도 수백 마리는 되어 보였다.

리히트와 아렌트 역시 끊임없이 놈들을 베어 냈지만, 좀처럼 수가 줄어들 기미는 보이지 않았다.

동굴에 순식간에 코를 찌르는 혈향이 가득 들어찼다.

기사들의 얼굴이며 옷에도 썩은 피가 진득하게 들러붙었다.

"아, 젠장. 안 되겠다. 아서 선배, 리히트 선배. 비켜 봐요!"

"뭐?"

아렌트는 두 사람 사이를 비집고 억지로 앞으로 나아가기 시작했다.

가뜩이나 바쁜데 후배 놈이 이상한 짓까지 하니 아서가 짜증을 터뜨렸다.

"뭐 하려고?"

"엄호나 해요!"

라이오스 곁에 자리를 잡고 선 아렌트가 마력을 끌어올렸다.

그것만으로 수하의 의도를 파악한 라이오스가 앞으로 한 걸음 나서서 검을 크게 휘둘렀다.

강한 검기에 닿은 구울들이 한꺼번에 터져 나가며 아렌트 앞에 빈 공간이 생겼다. 그 틈을 놓치지 않고, 아렌트는 제 마력을 더욱 끌어올렸다.

빈 공간에 다시 구울들이 억지로 밀려들었다.

놈들의 표적은 당연히 가장 선두에 선 아렌트였다.

살아 있는 인간의 육신을 탐하는 놈들의 손발톱과 이빨이 닿기 직전, 싸늘한 냉기가 동굴을 가득 메웠다.

사르륵.

아렌트의 발이 닿은 곳을 중심으로 새하얀 서리가 앉았다.

그리고 아주 잠시 후, 검기 대신 싸늘한 냉기가 깃든 검이 얼어붙은 공기를 예리하게 갈랐다.

사아악.

마치 시간이 멈춘 것 같은 광경이었다.

아렌트의 목을 물어뜯으려던 놈들은 모두 선 채로 얼어 버렸다. 그 뒤에 있던 구울들 역시 발이 얼어붙어 일순간 움직임이 봉인되고 말았다.

그다음은 라이오스의 차례였다.

강한 자의 그림자의 힘을 있는 힘껏 끌어올린 라이오스가 제 검에 검기까지 싣고, 앞을 가득 메운 적들을 향해 한 걸음 내디뎠다.

쿠아아아앙!

무언가가 폭발하는 것 같은 소음과 함께 동굴이 뒤흔들렸다.

마치 빗자루로 쓸어내린 낙엽처럼, 라이오스의 참격에 닿은 구울들이 한꺼번에 몸이 찢기고 터져 나갔다.

후둑, 후두둑.

반쯤 얼어붙은 검은 피가 눈처럼 쏟아지고, 살얼음 낀 피륙들이 사방으로 날렸다.

더 이상 움직이는 것들은 없었다.

그 광경을 멍하니 보던 아서가 입술을 달싹였다.

"괴물 같은 인간들……."

4장. 필요 이상으로 용맹한 놈

필요 이상으로 용맹한 놈

 얼어붙은 시체 하나를 살피며 아서가 얼굴을 와락 찌푸렸다.
 "이것들은 다 뭐야?"
 "말했잖아요. 구울이라고."
 한참 동안 숨을 고르던 아렌트가 짧게 대답했다.
 차가운 입김이 뿌옇게 피어오르다 점점 사그라졌다.
 "놈들이 슈타들러 백작님을 꼬여서 만들려고 하던 것들인데……."
 "아무래도 완성한 모양이군."
 "그건 아니에요."
 리히트의 말을 가볍게 부정하며, 아렌트는 몸을 숙여 굴러다니는 파편들을 확인했다.

'허접해.'

슈타들러 백작과 빈센트까지 가세해 완성한 구울은 고작 이 정도로 처리할 수 있는 놈들이 아니었다.

소설에서는, 끝도 없이 재생하며 달려드는 놈들에게 치안대나 병사들은 물론이고 기사들까지 몇몇 유명을 달리했다.

연구를 완성하지 못한 놈들은 결국, 미완성품을 그대로 내보낸 것이다.

"일단 안으로 계속 들어가 보죠."

아렌트의 시선이 어둠이 짙게 고인 동굴 깊은 곳을 향했다. 방금 구울들이 뚫고 나온 그 자리였다.

라이오스가 고개를 끄덕였다.

"잔당이 있을지도 모르니 주의해라."

저벅, 저벅.

일행의 발소리가 동굴을 울렸다.

가끔 무리 지은 구울들이 나타나긴 했지만 무난하게 처리해 가며 점점 더 깊은 곳으로 들어갔다.

"악취가 심하군."

"들어갈수록 더 심해지는 것 같습니다."

리히트가 작게 중얼거리는 말에 아서가 맞장구쳤다. 입구 쪽에서는 거의 느끼지 못한 시체 썩는 냄새가 사방에 진동했다.

얼마나 나아갔을까. 그들은 길을 통과해 탁 트인 공간을 마주할 수 있었다.

엄습하는 불길한 마력에 단련된 기사들마저 한순간 멈칫하고 말았다.

지금까지와는 비교도 할 수 없는 악취에 잠깐 인상을 찌푸리던 아렌트는 고개를 들고 눈앞을 확인했다.

"……이야."

그리고, 짧은 탄성을 터뜨리고 말았다.

처음 보는 광경이지만, 그리 낯설지만은 않았다. 몇 차례고 되짚어 읽은 소설에서 그려진, 묘사대로의 모습이 눈앞에 펼쳐졌다.

거대한 마정석이 한가운데에 설치된 채 강렬한 빛을 내뿜고, 그 주변으로는 핏빛 마법진이 마정석을 중심으로 바닥을 가득 채웠다.

실소가 흘러나올 지경이었다.

'이거였군.'

빈센트와 블레이크가 함께 이 먼 땅까지 온 까닭이.

아렌트가 한 걸음 안으로 성큼 들어서자, 멍하니 있던 기사들 역시 퍼뜩 정신을 차리고 움직이기 시작했다.

만드는 과정에서 문제가 있었는지, 미처 바깥으로 튀쳐나가지 못한 구울 몇 구가 마법진 위에서 아무렇게나 뒹구는 게 보였다.

"여기 갇혀 있던 구울들이 한순간에 풀려난 것 같군."

움직이지 않는 구울 하나를 발로 툭툭 쳐 보며 라이오스가 침착하게 말했다.

주변에서 외부인의 인기척이 느껴지거나, 일정 시간이 지나면 구울들이 한꺼번에 뛰어나가도록 설계된 것이다.

아서는 바닥의 붉은 마법진을 살피기 시작했다.

"이건 처음 보는 마법진입니다. 흔히 사용하는 것들과는 모양이 좀 다릅니다만……."

"아마 봉인 용도였을 겁니다."

"응?"

갑자기 불쑥 끼어들어 온 아렌트의 목소리에 일행이 고개를 들었다.

마법진을 본 척 만 척한 견습 기사는 마정석 쪽으로 가까이 다가갔다.

이 공간을 가득 채운 불쾌한 마력의 근원지였다.

검은 암석으로 깎은 기둥에 박힌 커다란 마정석이 불길한 마력을 내뿜었다.

기둥 아래를 자세히 살펴보니, 마법진과 맞닿는 곳에 마정석이 몇 개 더 박혀 있었다. 하지만 그것들은 이미 빛을 잃어버린 뒤였다.

"아마 이 큰 게 구울들을 움직인 동력원인 것 같고, 그 위에 마법진을 펼쳐서 놈들을 봉인해 둔 거죠."

"그럼 놈이 여기 나타난 건……."
"이것들이 목적이었다는 거군."
아서의 물음에 답해 준 것은 리히트였다.
라이오스가 짧게 덧붙였다.
"조금만 늦게 출발했어도 근처 민가가 초토화됐을 거다."
보란 듯이 입구를 폭파시킨 건, 놈이 나름대로 보낸 신호일 터였다. 황실 기사단이 자신을 뒤쫓을 거란 사실쯤이야 당연히 예상했을 테니까.
폭발 제보에 뒤늦게 달려온 기사들로 하여금 구울에게 찢겨 죽은 민간인들을 발견하도록 할 계획이었겠지.
아렌트가 하루라도 빨리 이곳에 와야 한다고 말을 꺼내지 않았더라면…….
가슴이 섬뜩해졌다.
"더 있어요."
그때, 아렌트가 툭 내뱉었다.
모두의 시선이 그에게 모였다.
"뭐?"
"이런 게 제국 곳곳에 몇 개는 더 있을 거라고요."
그걸 어떻게 아냐고 캐묻고 싶었지만, 마법진을 가만히 바라보는 아렌트를 본 기사들은 그냥 입을 다물어 버렸다.
황금색 눈동자가 얼음장처럼 차갑게 식은 것을 발견한

탓이었다.

하지만 그것도 아주 잠시였다. 뭐가 마음에 안 드는지 쯧, 혀를 찬 아렌트는 곧 분위기를 풀고 어깨를 으쓱해 버렸다.

"일단은 나가죠. 여기에서 더 시간 낭비할 필요는 없고. 더 있다간 냄새 때문에 코가 썩어 버리겠네."

"어? 어어……."

"에이, 씨. 괜히 더러운 것만 뒤집어썼잖아."

옷에 묻은 피를 탁탁 털어 내며, 아렌트는 마정석을 등지고 휘적휘적 먼저 걸어 나가 버렸다.

남겨진 세 사람은 서로 시선을 교환했다.

놈에게 묻고 싶은 게 많았다. 하지만 지금 그럴 때는 아닌 것 같았다.

한발 먼저 앞서 나간 아렌트를 잠시 눈으로 쫓던 라이오스가 덤덤히 입을 열었다.

"이곳은 일단 이대로 보존해 두자. 나중에 슈타들러 백작님과 황실 마법사 측에 제대로 된 조사를 부탁해야겠으니. 구울은 모두 처리했으니까 문제없을 거다."

"예, 알겠습니다."

아서와 리히트는 한 번씩 뒤를 돌아보고서는, 결국 라이오스와 아렌트를 따라 동굴 밖으로 나가는 발걸음을 재촉하는 수밖에 없었다.

＊　＊　＊

 동굴 밖에서 초조하게 기다리던 헨리와 아르크스는 기사들의 몰골을 보고는 아연실색할 수밖에 없었다.
 "괜찮으십니까, 라이오스 단장님?"
 "부상자는 없습니다. 까다로운 상대도 아니었으니 걱정하지 않으셔도 괜찮습니다. 그보다, 이대로 영주님을 찾아뵙고 싶습니다만."
 헨리는 무덤덤하게 말하는 라이오스에게 아득한 시선을 보냈다.
 "말씀드리기 죄송합니다만…… 그 꼴로요?"
 "아……."
 그제야 라이오스는 제 모습을 돌이켜 보았다.
 가장 앞에서 길을 뚫어 낸 바람에 구울의 썩은 피를 완전히 뒤집어쓴 것과 마찬가지인 꼴이 되었다. 게다가 살점이며 온갖 파편이 덕지덕지 붙어, 한밤중에 마주쳤다가는 누구라도 졸도할 만했다.
 다른 이들 역시 썩 다른 꼴은 아니었다.
 헨리가 애써 침착하게 제안했다.
 "일단 치안대에 들렀다가…… 씻을 곳으로 안내해 드리겠습니다. 그 뒤에 영주님을 뵙는 것이 좋을 거라고 생각합니다."

"감사합니다."

라이오스는 조금 멋쩍게, 그 호의를 받아들이기로 했다.

일행은 치안대에 복귀해 기다리던 치안대장을 한 번 더 기겁시키고야 말았다.

동굴에 아무도 접근시키지 말고, 치안대원들도 들어가지 못하게 하란 명령을 내린 뒤, 기사들은 우선 근처 냇가에서 말라붙은 핏자국을 떼어 냈다.

그 뒤 영지의 시내로 들어가 몸을 씻고 나오니, 영주가 보낸 마차가 그들을 반겼다.

기사들이 몸가짐을 바로 하는 사이 헨리가 영주에게 미리 연통을 넣은 것이다.

영주성에 다다랐을 때는 저녁때도 이미 지난 시간이었다.

하지만 늦은 방문에도 영주는 전혀 개의치 않고 그들을 맞이해 주었다.

"이리 방문해 주시니 큰 영광입니다, 라이오스 드 윈프리드 단장."

릴리에트 백작이 환하게 미소 지으며 그들을 맞이해 주었다.

백작은 헨리의 외조모이자, 이 일대 영지를 다스리는 주인이었다.

"만나 뵙게 되어서 반갑습니다, 릴리에트 백작님."

백작이 내민 손을 맞잡은 라이오스가 정중히 고개를 숙였다.

그것이 못내 기꺼웠던지, 릴리에트 백작의 주름진 얼굴에 더욱 웃음이 피어났다.

"식사를 준비해 두었답니다. 자, 일행분들도 함께 식당으로 가시죠. 헨리, 너도 따라오렴."

"할머님…… 몇 년 만에 보는 저보다 라이오스 단장님을 더 반가워하시는 것 같습니다."

헨리가 작게 투정부리는 소리는 자연스럽게 무시당했다.

여정 동안 겪은 고생을 어떻게든 보상해 주고 싶은 건지, 식당에는 만찬에 가까운 식사가 준비되어 있었다.

'주인공 맞네.'

입에 식사를 우물거리며 아렌트는 멍하니 생각했다.

라이오스의 힘들었던 어린 시절, 그리고 드라마틱한 성장 서사는 굉장히 유명했다. 늘 흥밋거리를 찾는 귀족들의 관심과 호의가 모이는 건 당연한 일이었다.

물론 질투와 시기를 받는 경우도 없지는 않았지만, 그의 압도적인 무력과 올곧은 성품에 마음이 이끌린 이들이 더욱 많았다.

영주 역시 그중 한 사람인 듯 했고.

영주는 얼핏 황당무계할 수도 있는 라이오스의 설명을 성심성의껏 들어 주었다.

필요 이상으로 용맹한 놈 〈155〉

"구울이라…… 그런 것은 처음 들어 봅니다. 그렇군요. 알겠습니다. 각별히 신경 써야겠군요."

릴리에트 백작이 심각한 얼굴로 고개를 연신 끄덕였다.

저녁 식사 자리가 슬슬 길어지자, 아렌트는 한발 먼저 슬그머니 식당에서 빠져나왔다.

처음에는 그저 느긋하기만 하던 걸음걸이가 사람이 뜸한 곳까지 다다르자 천천히 빨라졌다.

"젠장, 뭐 하나 쉬운 게 없어."

염두에 뒀던 여러 가지 가능성 중 제일 성가시고 귀찮은 일이 벌어졌다.

설마 빈센트 놈의 유품이 나타날 줄은.

다행인 점은 아직은 막을 수 있고, 자신에게는 정보가 있다는 점이었다. 구울들의 소굴이 어디에 있는지, 언제 나타날지도 대충 가늠할 수 있었다.

하지만…….

'여기서 더 떠들었다간 상당히 귀찮아지겠지. 위험할 수도 있고.'

동굴 안에서 기사들이 자신에게 보내오던 시선이 떠올랐다.

그건 분명히, 할 말은 많지만 참겠다는 얼굴이었다.

출발하기 전에 한 것처럼 '아렌트'의 성질머리로 밀어붙이는 것도 한계가 있었다.

지금 필요한 건 개연성이나 당위성, 혹은 그것들마저 압도할 수 있는 권력자였다.

그리고 참 다행스럽게도, 그런 권력을 가지고 있으면서 말도 잘 통하고 공범 역을 해 줄 사람이 있었다.

배정받은 방으로 먼저 돌아온 아렌트는 몰래 챙겨 온 통신용 수정구를 꺼냈다.

얼마 지나지 않아 통신이 연결됐다.

— 뭐야?

"전데요."

— …….

다짜고짜 말부터 꺼내는 아렌트의 작태에 통신구 너머에서 깊은 한숨소리가 들려왔다.

상대는 당연히 칸타레스였다.

아렌트는 다짜고짜 본론을 꺼냈다.

"단장님한테서 보고는 들으셨죠?"

— 간단하게는.

"지금부터 잘 들으십쇼. 황실 기사단은 물론이고 동원할 수 있는 건 전부 동원해야 합니다. 제국 곳곳에서 걸어 다니는 시체가 민간인들을 잡아먹는 꼴을 보고 싶지 않으면."

— 뭐?

갑작스러운 말에 칸타레스가 황당한 소리를 냈다. 하지만 그러거나 말거나, 아렌트는 빠르게 제 할 말만 이어

갈 뿐이었다.

몇 차례 끼어들어 캐물으려던 칸타레스는 이내 뭔가를 깨닫고는 경청하기만 했다.

그리고 드디어 아렌트의 지시 사항이 끝나자, 칸타레스가 조금 가라앉은 목소리로 물었다.

- 알겠어. 켄드릭 단장과 다이이아나 단장은 따로 움직여야 한다는 거지?

"네, 다른 데는 아마 기사들로 충분할 겁니다. 라이오스 단장님한테는 내일 해 뜨자마자 그쪽으로 출발하라고 지시해 주세요. 거기까지 가는 데도 또 한참 걸릴 테니까."

지금은 이게 최선이었다.

통신구 건너편에서 사각사각, 뭔가를 메모하는 소리가 들려왔다.

- 지금 당장 출격하도록 명령하지. 치안대 쪽에도 따로 수색 명령을 내려 둘게. 자세한 건 물어도 어차피 대답 안 해 줄 것 같고.

"네."

앞으로 무슨 일이 벌어질지 소설로 읽어서 이미 알고 있다, 이런 소리를 지껄일 수도 없으니까.

다시 한번 커다란 한숨소리가 들려왔다.

- 너 지금 이게 얼마나 엄청난 일인지는 아냐?

"당연하죠."

― 만약에 일이 틀어지면 나까지 망하는 거야, 이거.

황실 기사단까지 움직였는데도 허탕을 친다면 그야말로 대형 사고였다.

"전하께서 망하는 꼴은 좀 보고 싶지만, 같이 침몰하고 싶진 않아서요."

― 뻔뻔한 새끼. 일단 알겠어. 너 이거 큰 빚 진 거야.

"빚은 제가 아니라 전하께서 진 거죠. 저도 지금 이게 미친 짓인 건 잘 알고 있거든요."

― ……그냥 주고받은 걸로 치자.

그걸 끝으로 통신이 끊어졌다.

'이걸로 괜찮겠지.'

황태자의 명령에 토를 달 만큼 간 큰 사람은 기사단에 아무도 없었다. 그리고 칸타레스 정도의 수완이라면, 아마 정보를 입수한 루트도 그럴듯하게 꾸며 내 줄 테니까.

이제 남은 일은, 자신이 떠넘긴 폭탄을 칸타레스가 대신 터뜨려 주길 기다리는 것뿐이었다.

황태자가 직접 한다는데 이 정도면 개연성으로 충분한 거지.

* * *

다음 날.

예정된 소란이 벌어졌다.

새벽같이 기상한 라이오스에게 칸타레스의 지령이 떨어진 것이다.

해가 다 뜨기도 전에 기사들을 소집한 라이오스는 황태자가 내린 명령을 전달했다.

"어제 발견한 것과 비슷한 시설물들이 제국 곳곳에서 발견됐다는 황태자 전하의 말씀이시다. 그러니 우리는 여기에서 바로 현장까지 이동한다."

"예?"

동굴을 발견한 지 채 24시간도 안 되는 시점이었다. 그때부터 수색을 시작했다고 하더라도 이건 너무 빨랐다.

하지만 황태자의 명령이라고 하니 더 이상 토를 달 수가 없었다.

짚이는 구석은 있었지만.

아서와 리히트의 시선이 잠깐 아렌트에게 닿았다가 떨어졌다.

"서두르죠? 노닥거릴 시간 없는 것 같은데."

"……."

이 와중에도 놈은 어디에서 얻어 온 건지 모를 과자를 입에 쏙쏙 집어넣고 있었다.

"……맛있냐?"

"네."

"그래."

뻔뻔한 대답에 그냥 아서는 모든 걸 포기해 버리고 말았다.

그때.

똑똑.

짧은 노크로 불청객들이 존재감을 드러냈다.

"아무래도 바쁘신 것 같습니다."

싱긋 웃는 헨리 옆에 아르크스가 서 있었다.

"바로 떠나십니까?"

"네, 죄송한 말씀이지만 황성까지 모셔다 드리지 못하게 되었습니다."

"괜찮습니다. 라이오스 단장님이 사과하실 일이 아닌 걸요."

헨리가 사람 좋게 웃으며 손을 내저었다.

"무운을 빕니다, 라이오스 경. 다른 분들도요. 그리고 아렌트 경, 다음에 황궁에서 한번 뵙겠습니다."

"싫습니다. 저 사람도 따라올 것 같아서."

딱 잘라 대답한 아렌트가 턱짓으로 아르크스 쪽을 가리켰다.

헨리의 미소가 순식간에 어색해졌다.

"하하. 그럼 아르크스 빼고 우리끼리 뵙죠."

"그것도 딱히."

"……."

조용히 있던 아서가 뒤통수를 노리고 주먹을 휘둘렀지만, 아렌트는 익히 예상했다는 듯이 여유롭게 피하고는 훤히 드러난 선배의 옆구리를 팔꿈치로 가격했다.

"아악!"

차오르는 한숨을 애써 삼키고, 아르크스는 라이오스를 향해 고개를 숙였다.

"……폐를 끼쳐서 죄송했습니다, 라이오스 단장님. 다음에 뵙겠습니다."

"네. 다음에 뵙겠습니다, 공자님."

라이오스의 인사를 받으면서도 아르크스의 시선은 아렌트에게서 떨어질 줄을 몰랐다.

그와 시선을 마주친 아렌트가 밉살맞게 내뱉었다.

"여튼, 집으로 돌아가시든 뭘 하든 알아서 하세요. 제 알 바도 아니고."

"황성에 일자리를 알아보겠다. 그리고 아버지께도 사죄드릴 생각이다."

"안 궁금합니다."

싸가지 없는 대답에도 이제 어느 정도 면역이 되었는지, 아르크스는 담담히 고개를 끄덕일 뿐이었다.

"무운을 빈다."

마지막으로 영주와 인사까지 나눈 뒤, 기사들은 말을

몰고 성에서 나왔다.

"어디로 갑니까?"

"동쪽으로. 최대한 빨리 이동한다. 황무지를 가로질러서 갈 거다."

아서의 물음에 라이오스가 대답했다.

서둘러 도시를 빠져나간 이들은 허허벌판을 향해 달려 나갔다.

다그닥, 다그닥.

말이 급하게 달려 나가며 뿌연 흙먼지가 짙게 일었다.

"아서, 옆구리는 괜찮나."

"……괜, 찮습니다."

* * *

"전하."

제레온이 칸타레스 앞에 찻잔을 내려놓으며 운을 뗐다.

"지금 와서 이런 말씀드리기도 송구합니다만…… 조금 위험하지 않겠습니까?"

"뭐가?"

"이번 일이요."

태연하게 되묻는 황태자에게 제레온은 조금 질린 눈빛을 보냈다.

그제야 칸타레스는 지금껏 내려다보며 골몰하던 지도에서 눈을 떼고 제레온을 보았다.

"나도 알아. 고작 견습 기사 한 명 말만 듣고 병력 전체를 움직이는 게 얼마나 위험한 일인지."

"한데……."

"그러니까 지금 내가 이렇게 머리를 굴리는 거 아냐. 어떻게든 핑곗거리를 만들려고."

지도에는 아렌트가 지명한 지역들이 표시되어 있었다. 어젯밤에 출발한 단장들에게서는 아직 아무런 연락이 없었고.

제레온이 짧게 한숨을 내쉬었다.

"일이 잘못되어도 아렌트 경을 감싸실 생각이시군요."

"어쩌겠냐. 사람 잘못 본 내가 감당해야 할 일이지."

"보통 이런 경우, 꼬리를 잘라 내는 것이 상식이긴 합니다만."

"그렇긴 한데. 내가 뭐 그리 대단한 인물이라고."

"전하께서는 대단한 분이 맞으십니다. 무려 황제 폐하의 유일무이한 적통이시니까요. 후에 제국을 짊어지셔야 합니다."

"그런 대단한 혈통이 일개 견습 기사에게 휘둘리는 게 별로 마음에 안 든다는 이야기를 하고 싶은 것 같은데."

칸타레스가 의자에 몸을 푹 파묻었다.

"그런 것치곤 너도 그놈을 꽤 마음에 들어 하지 않나?"

"호감의 문제와는 다른 것이니까요."

"허튼 소리 하는 놈은 아니니까. 이번에도 그랬고."

"그렇긴 합니다만……."

말끝을 흐리던 제레온이 어색하게 웃었다.

"혹시 까닭을 더 여쭤봐도 되겠습니까?"

"놈이 나한테 직접 연락했다는 건, 그놈도 일단 나를 믿는다는 거겠고. 함께 있는 제 단장에게 말하지 않은 건, 동료들에게 괜한 의심 사고 싶지 않단 뜻이겠지."

감히 황태자를 방패로 쓰겠다는 발상이 발칙하긴 해도, 어쨌든 이쪽을 신뢰한다는 뜻일 테니.

가만히 말을 듣던 보좌관이 다시 입을 열었다.

"전하."

"왜, 또."

"전하께서는 아렌트 경이 신뢰를 보인 거라 여기실지도 모르겠지만, 제 생각에는."

한참 동안 뜸을 들이는 그를 칸타레스가 이상하게 볼 때쯤, 제레온이 조심스럽게 말을 이었다.

"그러니까, 이용하기 좋은 사람쯤으로 취급하는 게 아닌지……."

"……."

좋은 말로 돌려 말했지만, 결국 호구 취급당한다는 거였다.

보좌관이 차마 입 밖에 내지 못한 상스러운 단어를 정확히 떠올려 버린 칸타레스는 입을 다물어 버렸다.

차마 부정할 수가 없던 탓이었다.

집무실 안에 어색한 침묵이 흘렀다.

때마침, 책상 위의 통신용 수정구에서 반응이 돌아왔다. 칸타레스는 괜히 제레온을 한 번 흘겨본 뒤 통신을 연결했다.

― 황태자 전하, 다이아나 드 바라크입니다.

"연락이 꽤 늦었군. 무슨 일 있었나?"

― 예. 지하 동굴을 발견했고, 전하께서 말씀하신 정체불명의 괴생명체가 습격해 왔습니다. 잔당까지 소탕하느라 보고가 늦었습니다. 송구합니다.

다이아나의 깔끔한 대답이 돌아왔다.

― 저는 이대로 이탈해 전하께서 말씀하신 지점으로 이동할 예정입니다. 부하들을 나누어 각 지역을 소탕하라고 지시를 내려 뒀습니다만, 한 가지 걸리는 점이 있어 미리 보고드립니다.

"말해."

― 전하께서 말씀하신 구울과 조금 다른 개체를 현장에서 발견했습니다.

"다른 개체?"

황태자의 미간이 좁아졌다.

- 예. 외견상으로 큰 차이는 없습니다만, 다른 것들에 비해서는 인간에 가까운 모습을 한 개체였습니다. 옷을 걸치고 있었고, 지능이 있어 보였습니다.

"지능이 있다……."

그건 구울과는 해당 사항이 없는 거였다.

"강했나?"

 - 다른 구울들보다는 그랬습니다. 기사 한 명과 잠시나마 동수를 이룰 정도였고…… 이건 제 사견입니다만, 구울과 인간 사이의 무언가처럼 보였습니다."

"흠……."

아렌트가 설명한 것과도 달랐다.

놈들은 완벽한 구울을 만들 연구자로 슈타들러 백작을 노렸다. 하지만 그건 아렌트가 무산시켰고, 핵심적인 역할을 했을 것으로 보이는 빈센트도 죽은 지 오래.

그렇다면.

"뭔가 다른 장난을 치는 놈이 또 있는 모양인데……."

딱히 상관은 없었다.

어차피 놈들이 얌전히 당하고만 있을 거라고는 생각하지 않았으니까.

"일단은 알겠다. 근처 치안대에 현장 보존을 부탁해 두고, 경들은 움직이도록."

 - 예, 알겠습니다.

통신이 끊어지고, 칸타레스는 제레온을 보았다.
"이거 호구가 된 보람이 있는데."
"크흠, 그거 다행입니다. 슈타들러 백작님께 기별을 넣겠습니다."
"최대한 빨리 황궁으로 와 달라고 해. 상황이 종료되면 바로 조사할 수 있도록."
"네, 알겠습니다."
고개를 숙인 제레온이 바쁘게 집무실을 빠져나갔다.
칸타레스는 다시 지도 쪽에 시선을 주며 아렌트와 나눈 대화를 떠올렸다.

- 어처구니없는 게 나타날 겁니다. 단장님들은 꼭 그쪽으로 보내야 합니다.

그렇게 말하는 놈의 어조는 퍽 진지했다.
어처구니없는 건 이미 차고 넘쳤다. 구울만으로도 기가 막힐 노릇인데, 여기서 더한 게 나타난다고?
'그놈은 이런 걸 어떻게 아는 거지?'
아렌트와 칸타레스 간의 일들은 대부분 '거래'라는 형태로 이뤄졌다. 분명 이 정보를 알려 주는 값은 그 출처를 묻지 않는 것으로 치르게 될 것이다.
그럼에도 궁금해지는 건 어쩔 수 없었지만…… 칸타레

스는 그냥 잊어버리기로 했다.

계산은 확실한 게 서로에게 좋을 테니까.

지금도, 그리고 앞으로도.

* * *

"지능이 있는 구울이요?"

목적지에 거의 다 다다랐을 무렵, 황궁에서 이런 소식이 날아들었다.

아서가 놀란 소리를 내자 라이오스가 말을 이었다.

"다이아나 단장님과 켄드릭 단장님 모두 발견하셨다더군. 지금 토벌 중인 곳에서도 최소 다섯 마리씩은 나왔다고 한다."

다른 구울들과는 확실히 달랐다.

온기가 느껴지는 생물이라면 일단 달려들고 보는 구울들과는 달리, 놈들은 나름대로의 전법을 써 가며 기사들을 상대했다.

"게다가 핵을 파괴해도 그 구울들은 큰 영향을 받지 않았다더군."

"핵이라면 그 기둥의 마정석 말씀이십니까?"

라이오스가 고개를 끄덕였다.

그게 부서지면 구울들은 움직임을 멈췄다. 하지만 새로

나타난 그것들은 아무런 영향도 받지 않았다.

구울들은 마정석에서 마력을 공급받아야만 움직일 수 있었다.

말하자면 동력원을 가진, 그저 움직이는 시체에 불과했다.

하지만 거기에 해당 사항이 없다는 것은 곧…….

"살아 있다는 거네요. 그것들."

아렌트가 짧게 내뱉었다.

소설과는 완전히 다른 전개였다.

'성검의 푸른 기사' 속 구울은 아주 강력했다. 끊임없이 재생하며 기사들을 물고 늘어졌으니까.

하지만 지금 나타난 구울들에게 그런 능력은 없었다.

그저 움직이는 시체를 다소 강하게 만든 것에 불과했다.

그래서 놈들은 또 다른 방법을 찾아낸 것 같았다.

"산 생명체로 구울을 만든 겁니다. 심장이 뛰고 숨이 붙은 것들은 마력을 품을 수 있잖아요. 시체와는 달리."

"……."

"……."

아렌트가 덤덤히 하는 말에 리히트와 아서는 순간 할 말을 잃어버린 것 같았다.

잠깐의 틈 뒤, 아서가 멍하니 중얼거렸다.

"얼핏 보기에 사람 같았다는 건, 설마……."

"인간으로 만든 거겠지."

리히트가 착잡하게 대꾸했다.

한참 동안 말을 더 달리자 멀리 목적지가 보이기 시작했다. 도시 인근에 있는, 더 이상 쓰이지 않고 방치된 신전이었다.

오랫동안 관리되지 않은 신전은 폐허처럼 남아 있었다.

불과 1시간만 더 이동하면 꽤 큰 도시가 나올 테지만, 어째서인지 이곳에는 아주 긴 세월 동안 사람의 손길이 닿지 않은 것 같았다.

거리가 더욱 가까워졌을 무렵, 기사들은 신전이 방치된 이유를 깨달았다.

말들이 달리던 속도를 늦추기 시작했다. 마치 더 이상 앞으로 나아가기를 거부하는 것처럼.

말고삐를 움켜쥐며 리히트가 작게 라이오스를 불렀다.

"단장님."

"그래."

강렬한, 그리고 동시에 불길한 존재감이 엄습해 왔다. 마력을 감지하지 못하는 일반인들조차 무심결에 접근을 꺼려 할 만했다.

분명히, 뭔가가 있다.

기사들은 저도 모르게 몸을 긴장시켰다.

라이오스가 비장하게 입을 열었다.

"다들 경계를 늦추지 말고."

"뭐가 있든 멱을 따 버리면 되는 거지 무슨 상관입니까?"

하지만 단장의 말을 끊고 튀어나온 밉살맞은 소리에 맥이 탁, 풀리고 말았다.

"쓸데없는 소리 말고 가죠."

더 이상 움직이지 않으려는 말에서 내려 휘적휘적 걷는 아렌트의 뒷모습이 기가 막힐 지경이었다.

'진짜 필요 이상으로 용맹한 놈.'

세 사람의 공통된 생각이었다.

결국 그들도 별수 없이 말에서 내려 그 뒤를 따를 수밖에 없었다.

* * *

가면 아래 숨겨진 눈동자가 경외에 젖어들었다.

언제나 이성을 잃지 않고 냉정함을 유지하는 블레이크였지만, 지금 앞에 둔 거대한 존재 앞에서는 경탄을 터뜨릴 수밖에 없었다.

"……여전히 아름다우십니다."

경탄 어린 목소리가 아득히 울려 퍼졌다.

거대한 발톱, 천하를 덮을 날개, 그 모든 것이 고귀했다.

선망에 찬 시선으로 한참을 올려다보던 블레이크가 천천히 무릎을 꿇었다.

시간이 촉박했다.

예상했던 것보다 훨씬 이른 시기에 황실 기사단이 빠른 속도로 추격해 왔다.

'아니지. 추격이 아니라…….'

자신이 그녀의 명령을 받고 행동을 개시한 것과 거의 동시에 움직이기 시작했다고 봐도 무방할 터였다.

분명 그놈이었다. 아렌트 폰 에크하르트.

증거는 없었지만 강한 직감이 들었다.

새파랗게 어린놈의 낯짝을 떠올린 그가 으득, 이를 악물었다.

"제게, 그리고 이리스 님께 힘을 빌려주십시오. 그리하여 체르니온 님의 신화를 다시 이 땅에 새기도록 도와주십시오."

천천히 읊조리는 목소리에 점점 노기가 차올랐다.

"그리하여 저주받을 놈들에게 철퇴를 내려 주십시오!"

여전히 그 거대한 존재에게서는 답이 없었다.

한참을 꿇어앉고 있던 블레이크가 퍼뜩 고개를 들었다. 이쪽을 향해 접근해 오는 기척을 느낀 것이다.

"복수의 때가 왔다."

오늘에야말로 놈들을 처단하고, 증오스런 그 견습 기사와 라이오스 드 윈프리드를 찢어 죽일 때였다.

강한 마력이 그의 손끝에 응집됐다.

필요 이상으로 용맹한 놈 〈173〉

무리한 운용 탓에 얼마 지나지 않아 식은땀이 쏟아지기 시작했다. 속이 뒤집어지고 급기야는 입에서 피가 울컥 치솟았지만, 멈추지 않았다.

적당한 때가 되자, 그는 기둥의 마정석에 마력을 모조리 쏟아부었다.

불길하기 그지없는 새빨간 마력이 빛을 내뿜었다.

* * *

쿠우우웅!

땅이 세차게 뒤흔들렸다.

신전을 향해 접근하던 기사들은 급하게 중심을 잡느라 멈춰 서야만 했다.

"뭐, 뭐지?"

"저길 봐라!"

당황한 아서가 주변을 두리번거리자, 리히트가 신전 쪽을 가리키며 드물게도 큰 소리를 냈다.

폐허가 된 지붕을 뚫고 검붉은 빛의 마력 기둥이 폭발적으로 치솟았다.

한순간 멍해진 아서는 제 옆을 빠르게 스쳐 지나가는 기척에 고개를 돌렸다. 어느새 아렌트가 신전을 향해 빠르게 돌진하고 있었다.

땅을 박차고 달리기 시작한 것은 라이오스 역시 마찬가지였다.

"진짜 성질 급한 사람들!"

결국 아서와 리히트 역시 검을 뽑아 들고 진격할 수밖에 없었다.

땅울림이 어느 정도 진정되었을 무렵, 신전 입구에서 시커먼 무리가 구물구물 움직이는 게 눈에 들어왔다.

구울 무리였다.

입에서 새카만 피를 뿜어내는 구울들이 산 자의 냄새를 맡고서 쏟아져 나왔다.

라이오스가 가장 앞으로 나서고, 아렌트가 그 뒤를 따랐다. 리히트와 아서는 각자 좌우로 흩어졌다.

"한 놈도 놓쳐선 안 된다! 바로 지척에 민간인들이 있다!"

"예!"

단장의 명령에 아서와 리히트가 큰 소리로 대답했다.

쿠웅, 한쪽 발을 땅에 박아 넣듯 내디딘 라이오스는 그것을 회전축으로 삼아 검을 크게 휘둘렀다.

검기에 닿은 구울들이 비명을 지르며 찢어지고 터져 나갔다. 그러는 틈에 앞으로 치고 나간 아렌트가 서리 어린 손길을 발동했다.

그의 검이 닿는 자리마다 새하얀 얼음이 내려앉았다. 순식간에 얼어붙은 구울 몇을 아서와 리히트가 깔끔하게 베어 넘겼다.

동굴에서 마주했던 놈들보다 수배는 많았다.

앞만 보며 적을 정신없이 베어 넘기던 아렌트는 문득 옆에서 무언가가 쇄도해 오는 기척에 급히 몸을 숙였다.

퍽!

날카로운 단도가 막 달려들던 구울의 머리에 박혔다.

잠시 휘청거리는 놈의 심장을 뚫어 버린 아렌트가 고개를 들어 단도가 날아온 방향을 확인했다.

신전 안쪽에서 무언가가 반짝이는 것이 보였다.

"오른쪽 기둥이다!"

"알겠습니다!"

리히트의 외침에 아서가 구울들 사이로 파고들었다. 단숨에 치고 나가는 아서를 구울이 따라붙으려 했지만, 리히트에게 저지당해 곧 숨이 끊어졌다.

혼자 신전 쪽으로 접근한 아서는 곧 숨어 있던 적을 발견했다.

갑작스러운 공격에 당황해 주춤대는 적을 단숨에 베어 버린 아서는 곧 매복한 다른 적들도 발견했다.

인간과 유사하다는 걸 제외하고, 겉모습은 구울과 크게 다르지 않았다. 썩은 살점과 누덕누덕 기운 피부, 그리고 강한 악취까지.

하지만 눈을 마주치는 순간 알았다. 이놈들은 밖의 움

직이는 시체들과는 다른 존재였다.

"하, 지능 있는 놈들이라는 게 이건가?"

"젠…… 장."

숨을 완전히 끊어 놓은 줄 알았던 한 놈이 피를 토하며 어눌하게 욕설을 짓씹었다.

"말도 하네?"

푹.

쓰러진 놈의 머리통에 검을 꽂아 넣은 아서는 곧장 남은 적들을 향해 돌아섰다.

어느새 전투태세를 마친 놈들은 아서를 향해 달려들고 있었다.

제 쪽으로 내질러진 검을 간단히 피해 내고, 그다음으로 날아든 단도도 쳐 낸 아서는 검기를 일으켜 단번에 놈들의 목을 쳐 냈다.

툭.

머리를 잃어버린 놈들의 몸뚱이가 바닥에 쓰러졌다. 하지만 완전히 절명한 것은 아닌지 얼마 지나지 않아 다시 몸을 일으키려고 했다.

아서가 짜증스레 혀를 차고 가슴을 꿰뚫고 나서야 완전히 움직임을 멈췄다.

그러는 사이 라이오스 쪽도 정리가 다 끝나 가고 있었다.

하지만 그게 끝이 아니었다.

"끄르륵."

신전 안쪽에서 엄습하는 기척에 돌아보니, 또 한 무리의 구울들이 밀려들고 있었다.

"돌겠네, 젠장!"

"일단 직진해요!"

그때, 서늘한 냉기가 끼쳐 오나 싶더니 어느새 달려온 아렌트가 새로 나타난 적들을 향해 돌진했다.

"미친놈아, 혼자 가지 말라고!"

아서가 기겁하고 그 뒤를 따랐다. 곧 뒷정리를 다 한 라이오스와 리히트 역시 두 사람을 따라잡았다.

구울을 베어 넘기며 신전 안에 다다르자, 놈들에게 짓밟혀 엉망이 된 폐허가 보였다.

아주 오래전에는 루체 신을 모시는 곳이었던 듯했다.

쓰러진 채 파손된 신상을 본 리히트가 얼굴을 일그러뜨렸다.

그때.

쿠구궁!

다시 땅울림이 시작되었다. 그와 동시에 한 번도 들어본 적 없는 소름 끼치는 울음소리가 지하에서부터 터져 나왔다.

"키에에에엑!"

땅이 뒤흔들리고, 반쯤 무너진 천장에서 부스러기가 후

두둑, 떨어졌다.

"뭐, 뭐야?"

"아래에서 온다!"

라이오스의 외침에 기사들은 반사적으로 몸을 뒤로 날렸다.

그 즉시.

콰아앙!

방금 전까지 그들이 서 있던 자리를 뚫고 거대한 머리 하나가 튀어나왔다.

한번 풀려난 놈은 기어코 바닥을 모조리 박살 내고 나서도 성에 차지 않는지, 곧장 기사들을 향해 거대한 아가리를 휘둘렀다.

쿵, 쿠웅!

단단한 대리석 바닥을 처음부터 없던 것처럼 완전히 박살 낸 놈은 거대한 몸체를 허공에 띄워 올렸다.

적을 자세히 살필 여유도 없이, 급하게 거리를 벌린 기사들은 할 말을 잃어버리고 말았다.

커다란 발톱이 지면을 밟으며 폐허로나마 남아 있던 신전 내부의 흔적을 완전히 파괴했다.

뻗어 나온 날개는 아슬아슬하게 서 있던 기둥을 무너뜨리고야 말았고, 먹잇감을 찾듯 두리번거리는 거대한 머리가 낡은 지붕까지 깨부쉈다.

필요 이상으로 용맹한 놈 〈179〉

마침내, 완전히 자유를 찾은 거구가 탁 트인 하늘을 향해 울부짖었다.

"케에에에엑!"

썩어 버린 눈 안은 텅 비었고, 심한 악취와 함께 살점이 뚝뚝 흘러내렸다. 갈비뼈가 드러난 몸통은 얼핏 파충류와 닮았으며, 구멍이 뚫리고 낡은 날개는 활짝 펼치니 마치 박쥐의 그것처럼 보였다.

"……드래곤?"

리히트가 멍청하게 중얼거렸다.

저 모습, 저 거구, 그리고 단련된 기사들마저 압도하는 위압감.

그것 외에는 설명할 수 없었다.

드래곤은 전설이나 옛날이야기에서나 등장하던 존재였다. 기적 같은 마법을 선보이며, 육체의 단단함은 그 어떤 것과도 비교할 수 없다.

그런 신화적인 존재가, 빛의 신전 아래에 잠들었다 구울과 같은 존재가 되어 등장한 것이다.

"놀랄 시간 없다."

하지만 라이오스는 금세 평정심을 되찾고 검을 다잡았다.

"예……?"

"그거 아십니까?"

아렌트 역시 검에 묻은 구울의 파편들을 털어 내며 툭 내뱉었다.

"덩치가 클수록 팰 곳도 많다는 걸요."

이쯤 되면 이 인간들의 신경 줄이 얼마나 두꺼운지 슬슬 확인해 보고 싶을 정도였다. 하지만 그런 말을 입 밖으로 꺼내는 대신, 아서와 리히트 역시 정신을 다잡고 드래곤을 노려보았다.

발톱으로 기둥 하나를 움켜쥔 놈은 머리를 이리저리 휘저으며 몸부림치다, 정확히 기사들을 향해 고개를 돌렸다.

뻥 뚫린 안와로 제 적들을 노려보던 드래곤이 입을 쩍 벌리고 큰 숨을 토해 냈다.

"케에에에엑!"

살아 있는 드래곤이라면 강력한 브레스를 뿜어냈겠지만, 이미 숨이 끊어진 그의 입에서는 부패해 몸 안에 고인 독연만이 쏟아질 뿐이었다.

가벼운 몸놀림으로 한 번 더 거리를 벌린 기사들은 누가 먼저랄 것 없이 드래곤을 향해 달려들었다.

라이오스가 빠르게 접근해 오는 것을 알아차린 드래곤이 거대한 앞발을 휘둘렀다.

쿠우웅!

거대한 발톱이 바닥을 파고들었다.

놈의 공격을 피해 도약한 라이오스는, 그대로 드래곤의

목에 제 검을 쑤셔 넣은 뒤 다리를 이용해 단단히 매달렸다.

드래곤이 날뛰기 시작했다.

어떻게든 라이오스를 떼어 내려 발로 긁고 몸부림쳤지만 라이오스는 이를 악물고 버텼다.

아서와 리히트는 몸통 쪽을 공략했다.

그들을 짓밟기 위해 날아드는 발길질을 리히트가 막아섰다.

"커헉!"

육중한 무게에 리히트가 저도 모르게 숨을 토해 냈다. 하지만 그는 한 발짝도 물러서지 않았다. 후들거리는 두 다리를 단단히 지탱하고는 검에 마력을 실어 놈의 무게에 대항했다.

그 틈을 놓치지 않고 앞으로 나선 아서가 몸통을 노리고 달려들었다.

옆구리를 쑤신 검을 뽑아 낸 아서는 놈의 날갯죽지를 다시 크게 베어 냈다. 비교적 얇은 피막으로 이뤄진 날개가 크게 찢어졌다.

한 박자 늦게 합류한 아렌트는, 공격을 가할 거라는 아서의 예상과는 달리 훌쩍 뛰어내려 이미 다 무너진 신전 안으로 뛰어들었다.

몸부림치는 드래곤의 척추에 검을 박아 넣은 아서가 악을 썼다.

"야, 어디 가?"

"안에 동력이 되는 마정석이 있을 거다. 따라가라, 아서!"

"예?"

그새 드래곤에서 떨어져 나온 라이오스가 외쳤다.

자유를 되찾은 드래곤의 머리가 기사단장을 향해 매섭게 날아들었다.

"……!"

몸을 굴려 피하기게 무섭게, 콰드득!

방금까지 라이오스가 있던 자리에 놈의 이빨이 파고들었다.

라이오스는 다시 한번 외쳤다.

"아렌트를 따라가! 구울도 아직 남아 있을 게 분명해."

"알겠습니다!"

검을 뽑아낸 아서는 마지막으로 몸을 돌려 검기로 드래곤의 옆구리에 긴 상흔을 남겼다.

서걱!

크게 베인 자리에서 까만 피가 쏟아지며 한순간 드래곤이 몸을 비틀었다. 덕분에 리히트는 무사히 드래곤의 압박에서 몸을 빼낼 수 있었다.

아렌트를 따라 지하로 뛰어드는 아서를 확인한 리히트는 후들거리는 팔을 다잡으며 담담히 말했다.

"단장님과 함께할 수 있어 영광입니다."

"아직 영광을 찾기는 이르다."

고작 몇 분 버텼을 뿐인데 온몸의 진력이 다 빠져나가는 것 같았다.

절망적인 상황이었다. 하지만 그들의 눈에는 절망 대신 투지가 차올랐다.

라이오스가 선언했다.

"드래곤의 목을 벤 후 황궁으로 복귀한다."

"예."

기사 된 자로서, 그 이외의 선택지는 처음부터 존재하지 않았다.

* * *

아서가 급히 뒤쫓아 갔을 때, 아렌트는 이미 한 남자와 대치 중이었다.

새하얀 가면을 마주하자 블레이크라는, 라이오스가 끝내 놓쳤다는 사내의 이름이 떠올랐다.

"아렌트 폰 에크하르트."

음산한 목소리가 노골적인 노기를 품고 지하를 울렸다.

"넌 오늘 여기에서 죽는다."

"아, 그러셔."

뼈가 시릴 정도로 섬뜩한 선언이었지만, 아렌트는 피식

비웃음을 터뜨릴 뿐이었다.

"나한테 그 말 한 사람이 어떻게 되었는지는 그쪽이 제일 잘 알 텐데."

블레이크 뒤쪽으로 어둠에 잠긴 계단이 보였다. 저 아래에 아마 드래곤을 움직이는 동력원이 있을 것이다.

긴 잡설은 필요 없었다.

아렌트가 검을 움켜쥐며 아티팩트를 발동한 순간 블레이크 역시 움직였다.

콰아앙!

서로를 향해 달려든 두 사람의 검이 거칠게 충돌했다.

냉기와 압축된 공기가 부닥치며 공간을 뒤흔들었다. 새하얀 얼음을 머금은 아렌트의 검이 블레이크의 마력을 밀어내며, 두 사람은 대등하게 겨루기 시작했다.

"고작 이 정도였던가? 아니면 저 커다란 파충류 시체를 움직이게 하느라 벌써 힘을 다 뺐어?"

"……."

가면 너머에서 후욱, 하는 거친 숨소리가 들려왔다.

블레이크는 검에 아티팩트의 마력을 강하게 불어넣었다. 검과 검이 맞닿은 자리에서 공기가 폭발했다.

절묘한 순간에 몸을 뺀 아렌트는 몸을 빙글 돌려 그대로 등을 향해 검을 내리꽂았다. 하지만 블레이크 역시 호락호락하게 당하지만은 않았다.

한 손으로 검자루를 쥔 블레이크가 뒤돌아서고는, 그대로 아렌트의 검을 튕겨 냈다.

아렌트가 그 힘을 이겨 내지 못하고 뒤로 물러서자, 블레이크는 틈을 놓치지 않고 자세를 바로 한 뒤 정면으로 검을 내질렀다.

하지만.

카앙!

그 검은 엉뚱한 곳에서 막히고 말았다.

어느새 전장에 개입해 온 아서였다.

젊은 기사의 덤덤한 낯을 마주한 블레이크는 얼굴을 일그러뜨릴 수밖에 없었다.

"방해하지 마라!"

쿠아앙!

강한 폭발이 주변을 휩쓸었다.

바닥에서 돌이 우수수 떨어지고 땅이 뒤흔들렸다. 바로 위에서 날뛰는 드래곤이 발을 구르는 울림도 고스란히 전해져 왔다.

뒤로 훌쩍 뛰어 거리를 벌린 아서는 아렌트 곁에 착지했다.

"튀어 나갈 거면 제발 미리 말이라도 하지?"

"제 맘입니다. 왜 따라왔어요? 위에서 도마뱀이나 두들겨 패지."

"단장님 명령 아니면 안 왔어. 너 따위 여기서 혼자 뒈지든 말든."

퉁명스럽게 투덜대는 그를 힐끗 본 아렌트가 입가를 휘었다.

"하긴, 드래곤 사냥꾼에는 단장님이랑 리히트 선배 쪽이 더 어울리긴 하죠."

"그렇지."

아서 역시 씨익 웃었다.

두 사람은 동시에 블레이크를 향해 달려들었다.

늑대 인간과 함께 공략할 때도 상대하기 어려운 강자였다. 당연히 쉽게 쓰러뜨릴 수는 없었다. 2 대 1의 상황에도, 몇 번의 공방이 오가며 상처가 새겨지는 쪽은 오히려 아렌트와 아서 쪽이었다.

하지만 블레이크 역시 마냥 멀쩡하지만은 못 했다. 검을 주고받는 시간이 길어질수록 그의 몸에도 생채기가 하나둘 늘어 갔다.

게다가 서리 어린 손길이 남긴 상흔에서 파고드는 한기는 천천히 그의 몸을 둔하게 만들고 있었다. 목을 노리고 불쑥 찔러 들어오는 검은 감히 누구도 범접할 수 없는 냉기를 품은 채였다.

어린 견습 기사 놈의 황금색 눈동자도 싸늘하기는 마찬가지였다. 서로 목숨을 노리며 공방이 오가는 순간에도,

필요 이상으로 용맹한 놈 〈187〉

놈에게서는 한 치의 흔들림조차 보이지 않았다.

'서리 어린 손길의 주인에 걸맞은 몸이라는 건가.'

어린놈의 평정심이라기에는 도무지 믿기지 않았다.

가면 아래에서 블레이크가 이를 으득, 악물었다.

"너는 죽어서도 용서받지 못할 것이다. 썩고 또 썩어서 핏물 한 줌 남지 말아라!"

원한을 담은 저주와 함께, 공기의 흐름이 갑자기 바뀌었다. 강한 기운이 주변을 휩쓸며 두 기사를 향해 몰아쳤다.

땅을 박찬 블레이크가 아렌트를 향해 똑바로 달려들었다.

"……!"

한순간 귀가 먼 것처럼, 아무런 소리도 들리지 않았다.

그리고 잠시 후, 두 사람의 검이 허공에서 충돌하며 커다란 폭발이 일었다.

콰아아앙!

터져 나온 공기압을 고스란히 뒤집어쓴 아렌트는 그대로 튕겨 나가 폐허의 잔해 속에 처박혔다.

자욱하게 피어난 먼지를 뚫고, 블레이크가 몸을 일으키지 못하는 그를 향해 돌진했다.

하지만 아서가 그의 앞을 가로막았다.

"젠장!"

욕설 외에는 아무런 말도 할 수 없었다.

코앞에서 본 블레이크의 꼴은 처참하기 그지없었다.

찢어진 옷 사이로 방금 생긴 커다란 상흔이 피를 쏟아 내는 것이 보였다. 얼굴을 가렸던 가면은 또다시 깨어져 제 기능을 거의 하지 못했다.

머리는 산발로 흩어졌고, 방금의 폭발을 받아 낸 손과 팔은 거의 짓이겨진 수준이었다.

창백한 얼굴과 타는 듯한 증오를 담은 눈동자가 아서를 향했다.

"너도 이곳에서 같이 죽는다."

* * *

아래쪽에서도 전투가 벌어졌는지, 간간이 심상찮은 울림이 터져 나왔다.

하지만 라이오스는 그저 눈앞의 괴물에만 집중했다.

이미 두 사람 다 엉망이었다.

놈에게 물어뜯긴 다리에서는 감염이라도 된 듯 검은 피가 흘렀다. 리히트는 부러진 팔의 뼈를 억지로 끼워 맞춰 전투를 이어 가는 중이었다.

그에 반해 고통조차 느끼지 못하는 저 드래곤은 처음보다 훼손된 모습으로도 여전히 기세가 누그러지지 않았다.

"단장님, 괜찮으십니까?"

"그래."

라이오스는 담담히 대답하고는 뒤로 물러서 드래곤을 올려다보았다.

"리히트."

"예, 단장님."

"머리와 심장. 구울화된 드래곤이라고는 하나 약점은 같을 것이다."

진득한 피가 엉겨 붙은 검을 털어 내며 라이오스가 담담히 대답했다.

"잠깐만 부탁한다. 놈의 머리를 막아라."

"예?"

갑작스러운 말에 리히트가 미처 반문하기도 전, 라이오스는 이미 재차 드래곤을 향해 땅을 박차고 있었다.

"단장님! 크윽!"

저도 모르게 단장을 부르던 리히트였지만, 그에게도 여유는 많지 않았다. 드래곤이 라이오스를 향해 아가리를 쩍, 벌린 탓이었다.

결국 리히트 역시 검기를 일으켜 드래곤의 머리를 견제할 수밖에 없었다.

명불허전, 과연 최강 생물이라는 건지 리히트 정도의 기사가 일으킨 검기에도 놈의 뼈에는 흠집 정도만 남을 뿐이었다.

다 드러난 턱뼈를 검으로 크게 베는 것으로, 리히트는 드래곤의 주의를 자신에게 돌렸다. 그 틈을 놓치지 않고 라이오스는 몸통 쪽으로 도약해 올랐다.

목표는 갈비뼈가 훤히 드러난 옆구리였다.

뼈와는 달리 반쯤 썩은 피부는 검기가 닿자 쩌억, 갈라졌다.

라이오스는 검을 꽉 다잡고 드래곤의 몸속에 뛰어들었다.

한순간 정신이 아찔해질 정도의 악취와 썩은 냄새, 그리고 불길한 마력이 몰아쳤다. 단지 내부에 접근하는 것만으로 내상을 입은 건지 울컥, 입 밖으로 피가 쏟아졌다.

하지만 라이오스는 썩은 살에 검을 박아 넣고 몸을 일으켰다.

짙은 어둠 속, 희미하게 빛나는 마력 덩어리가 보였다.

이미 멈춰 버린 심장을 둘러싼 마력이었다.

그쪽으로 한 걸음을 뗐다. 질척한 피가 마치 진흙처럼 다리에 엉겨 붙었다.

억지로 걸음을 떼 겨우 심장이 있는 곳까지 다다른 라이오스가 크게 검을 휘둘렀다.

하지만.

챙!

심장을 지켜 내려는 듯 주변을 감싼 마력이 검을 튕겨 냈다.

주춤 뒤로 물러선 라이오스는 이내 입술을 깨물었다.
"흐름을 벗어난 가여운 육체를 받아 주십시오."
작은 기도가 입 밖으로 흘러나왔다.
이미 더러워질 대로 더러워진 검에 선명한 검기가 깃들고, 강한 자의 그림자가 발동하며 그 위로 아티팩트의 힘이 다시 한번 덧씌워졌다.
"루체 님께서 자비로이 받아 주시길."
검을 크게 치켜든 라이오스가 다시 한번 심장을 크게 베었다.
쩌억.
횡으로 그어진 검이 심장과 함께 주변의 살점까지 모두 한꺼번에 갈랐다.
그리고 잠시 후.
암흑으로 가득하던 시야에 눈부신 빛이 닥쳐들었다.
"단장님!"
심상찮은 기운을 느끼고 급히 거리를 벌린 리히트가 외쳤다.
퍼뜩 정신을 차린 라이오스가 갈라진 틈으로 급히 빠져나가는 것과 동시에.
"케에에에에엑!"
이미 말라붙은 목구멍으로 한때 드래곤이었던 것이 비명을 내지르더니, 심장 주변으로 단단히 모여 있던 마력이 한꺼번에 터져 나갔다.

콰아아앙!

검고 붉은 죽은 자의 마력이 빠져나가며 드래곤의 거대한 육신이 허물어지기 시작했다.

마지막 발악을 하며 마구 날뛰던 드래곤은 복수라도 하고 싶은 것처럼 리히트와 라이오스를 향해 달려들었다.

하지만, 우뚝.

거짓말처럼 놈의 움직임이 한순간에 멈추고…… 이내 그 자리에서 허물어지듯 쓰러졌다.

거대한 육신이 무너지며 쿠우웅, 육중한 충격이 대지를 덮쳤다. 이미 제 역할을 잃어버린 살 조각과 가죽이 녹아내리며 진한 악취를 풍겼다.

얼마 지나지 않아 현장에는 썩어 버린 검은 물 위에 엎어진 드래곤의 뼈만이 남아 있을 뿐이었다.

"……."

멍하니 그 광경을 바라보던 리히트와 라이오스는 다리에 힘이 풀려 그 자리에 주저앉고 말았다.

* * *

블레이크가 한 짓은 자폭에 가까웠다.

시전자가 이 정도라면 목표가 됐던 아렌트는 죽었다고

보아도 무방할 것 같았다.

 피가 차갑게 식었다.

 블레이크의 검을 받아 내는 손이 덜덜 떨리기 시작했다. 그의 입에서 경황없는 외침이 악을 쓰는 것처럼 터져 나왔다.

 "아렌트. 아렌트, 야! 진짜 죽은 거냐?"

 "……아오, 씨바."

 그때, 뒤에서 날것 그대로의 욕설이 들려왔다.

 몸을 움직이자 들러붙었던 온갖 파편들이 후두둑, 쏟아졌다.

 성한 곳이 한 군데도 없는 것 같았다. 크게 숨을 들이쉬었을 뿐인데도 눈앞이 새하얘질 것 같은 통증이 덮쳐왔다.

 "뒈질 뻔했네."

 그럼에도, 지금 그는 움직여야 했다.

 아직 제 역할이 끝난 게 아니니까.

 피가 엉겨 붙어 얼굴에 달라붙는 머리칼을 대충 쓸어 넘긴 아렌트는, 그런 와중에도 놓치지 않은 검을 붙잡고 천천히 몸을 일으켰다.

 "콜록, 콜록. 진짜 보기 드문 미친놈이네, 이거."

 잔기침을 뱉을 때마다 입술 사이로 피가 튀어나왔다.

 "살아 있냐?"

"그럼 뭐졌겠어요?"

짜증을 싣고 돌아온 대답에 그제야 아서는 짧게나마 안도의 한숨을 내쉴 수 있었다.

블레이크를 상대하는 내내 차갑기만 하던 황금색 눈동자에 처음으로 짜증과 분노가 새겨졌다.

잠시 휘청거리던 발걸음이 곧 중심을 되찾았다.

그가 움직일 때마다 떨어진 핏방울이 바닥에 닿자마자 새빨간 살얼음으로 변했다.

"끈질기군."

아서를 단번에 쳐 낸 블레이크는 곧장 아렌트를 향해 몸을 돌렸다. 하지만 다음 순간, 그는 자신을 우악스레 끌어당기는 손길에 휘청하고 말았다.

마치 승냥이라도 된 것처럼 아서가 달려든 것이다. 검까지 던져 버린 아서는 블레이크의 목을 팔뚝으로 휘감았다.

"어딜 가려고."

"……!"

블레이크는 당장 아서의 손을 뜯어내려 했다. 하지만 검으로 찔리고 베이면서도 아서는 꼼짝도 하지 않았다.

"이……!"

그러는 사이에도 아렌트는 검을 늘어뜨린 채 천천히 블레이크를 향해 접근해 오고 있었다.

푸욱.

 결국 블레이크의 검이 옆구리를 깊게 찔렀지만 아서는 이를 악물 뿐, 여전히 붙잡은 손에 힘을 풀지 않았다.

 마침내 지척에 다다른 아렌트가 검을 치켜들었다.

 싸늘한 눈동자가 블레이크를 차분히 올려다보았다.

 "뒈져서도 용서 못 받는다, 너는. 썩고 썩어서 핏물조차 남지 말든가."

 고스란히 돌려준 저주의 말 끝에, 아렌트가 슬쩍 입꼬리를 올리며 덧붙였다.

 "먼저 간 빈센트 놈 만나서 내 뒷담이나 실컷 해."

 그것이 끝이었다.

 서걱!

 서리가 꽃처럼 새하얗게 피어난 검이 블레이크를 베었다.

5장. 특별히 귀여워해 줄 녀석

특별히 귀여워해 줄 녀석

 아서는 비틀비틀 몇 걸음 뒤로 물러서다 주저앉아 버렸다.
 블레이크는 아서에게 붙잡혔던 모습 그대로 얼어붙은 채였다.
 절규하는 입이 금방이라도 비명을 터뜨릴 것 같았지만, 그에게서는 이제 어떠한 기척도 느낄 수 없었다.
 완전히 숨을 거둔 것이다.
 "살아 있습니까?"
 제 입가를 슥 닦은 아렌트가 아서에게 시선을 주었다.
 서로 마주 보고 있자니 웃음도 안 나올 지경이었다.
 "그건 내가 할 소리다, 이 자식아. 뒈진 줄 알고 깜짝 놀랐잖아. 어떻게 된 거야?"
 "뒈질 뻔했죠. 슈타들러 백작님 덕분에 살았지만."

아렌트는 제 소매를 걷어 아서에게 보여 주었다.

언젠가 워렌을 제압할 때 쓴 팔찌가 눈에 들어왔다. 찰나의 순간 그것을 발동해 블레이크의 자폭 공격을 어느 정도 상쇄한 것이다.

"선배는요? 거기 구멍 뚫렸는데."

"괜찮아. 그렇게 깊이 찔린 건 아니니까."

손을 휘휘 젓는 꼴이 누가 봐도 안 괜찮은 모습이었다. 특히 마지막에 찔린 옆구리에서는 좀처럼 출혈이 멎을 기미가 안 보였다.

제가 생각해도 설득력이 없었는지, 아서는 쯧 혀를 차곤 상비하고 다니는 지혈대를 꺼내 상처를 꽉 동여맸다.

그 꼴을 본 아렌트가 그제야 흥, 콧방귀를 뀌며 몸을 돌리고 비척비척 걸음을 돌렸다. 목적지는 블레이크가 지금껏 막고 서 있던 그 통로였다.

그렇게 얼마 가기도 전, 몸을 일으킨 아서가 뒤따라왔다.

"뭐예요. 왜 따라오는데요."

"다 죽어 가는 놈 시체 치울까 봐."

실랑이할 시간은 그리 길지 않았다.

놈들이 모두 활성화되기 전에 얼른 움직여야 했다. 계단 너머 어둠 속에서 구울들이 하나둘 깨어나는 기척이 느껴지기 시작한 것이다.

여기에서 적을 더 늘리는 건 곤란했다.

자신과 아서는 물론이고 위에서 드래곤을 상대하는 라이오스와 리히트 역시 다른 놈들까지 상대할 여력은 없을 터였다.

결국 아서를 떼어 놓는 건 포기하고, 아렌트는 절뚝거리면서도 최대한 빠르게 걸음을 옮겼다.

한참 동안 계단을 내려가자 이제는 꽤 익숙해진 썩은 내가 코를 찔렀다.

지금껏 느꼈던 것과는 비교도 할 수 없을 정도의 불길한 마력 또한 짙은 농도로 느껴졌다.

악취와 마력 때문에 숨이 턱턱 막힐 지경이었다.

계단 끝에서 두꺼운 문이 두 사람을 반겼다.

둘은 곧장 문을 열어젖히는 대신 우뚝, 그 자리에 멈춰서 버렸다.

마력의 근원이 바로 그 너머에 존재한다는 것이 직감적으로 느껴졌다.

아서가 말없이 검을 뽑는 것을 본 아렌트가 앞으로 나섰다.

끼이익.

을씨년스러운 소리와 함께 두꺼운 문이 별 저항 없이 밀려나고, 내부를 확인한 순간, 두 사람은 얼굴을 딱딱하게 굳힐 수밖에 없었다.

칠흑 같은 어둠이 고인 공간에서 숱한 존재들이 이쪽을 향해 고개를 돌렸다.

초점 없는 새하얀 눈동자 수십 쌍이 기사들을 멍하니 응시했다. 신전 외부에서 상대했던 놈들보다도 수가 더 많은 것 같았다.

마정석 기둥은 방의 가장 안쪽에서 섬뜩한 빛을 내고 있었다.

한마디로, 놈들을 모조리 뚫어야 저것을 파괴할 수 있다는 뜻이었다.

"크륵."

먹잇감을 발견한 놈들이 슬금슬금 움직이기 시작했다. 이빨을 드러내며 천천히 접근해 오는 게, 금방이라도 덮쳐 올 기세였다.

아렌트와 아서는 동시에 전투태세를 취했다.

하지만 다음 순간,

뒤통수가 섬뜩해졌다.

"숙여라!"

급하게 고개를 숙이자마자, 어마어마한 위력을 담은 검이 머리 위를 스쳐 지나갔다.

퍽, 쨍그랑!

검은 정확히 마정석 한가운데에 꽂혀 들었다.

마정석이 빛을 잃어버리며 주변을 안개처럼 떠돌던 마

력이 순식간에 사라졌다.

흉흉한 기세를 내보이던 구울들 역시 한순간에 움직임을 멈추더니, 이내 하나둘씩 그 자리에 털썩, 쓰러지기 시작했다.

움직이지 않는 고개를 겨우 돌려 뒤를 확인하니, 검을 내던진 자세 그대로인 라이오스와 눈을 마주쳤다.

"괜찮나?"

"그……."

솔직히 쫄았다.

새로운 구울 무리를 발견했을 때보다 더 식겁했다.

아서 역시 같은 심정인지 입을 쩍 벌린 채 어버버, 하는 소리만 내고 있었다.

두 사람이 당장 대답하지 못하자, 라이오스는 급하게 계단을 뛰어 내려왔다.

"왜 그래. 뭔가 문제라도 생겼나?"

"……."

"……."

처음부터 끝까지 문제뿐이었지만, 걱정이 뚝뚝 묻어나는 라이오스의 얼굴을 마주 보고 있자니 차마 그런 소리가 입 밖으로 나오지 않았다.

그저 뒤를 따르던 리히트만 슬쩍 시선을 피하며 짧게 헛기침할 뿐이었다.

* * *

 밖으로 나와 확인한 서로의 몰골은 생각보다 처참했다.
 특히 성한 곳이 한 군데도 없는 아렌트를 본 라이오스와 리히트는 기함을 터뜨릴 수밖에 없었다.
 "그 꼴로 돌아다녔다고?"
 "꼴이 뭐 어때서요. 잘생겼으면 그만이지."
 제대로 서 있지도 못해서 주저앉은 주제에 주둥이는 멈추는 법이 없었다.
 놈의 뒤통수를 노려보며 살며시 주먹을 쥐었던 아서는 곧 손에 힘을 풀었다.
 지금 한 대 치면 진짜 죽어 버릴 것 같았으니까.
 "……일단 더 이상의 활동은 불가능할 것 같습니다. 다행히 근처에 민가가 있으니, 머물면서 치료할 곳을 찾아보겠습니다."
 "아니다. 내가 갈 테니 너도 쉬어라."
 막 나서려던 리히트를 만류한 라이오스는 대답을 듣기도 전, 저편에 보이는 도시를 향해 달려가기 시작했다.
 점점 멀어지는 단장의 등을 아연히 바라보던 리히트는 다시 시선을 떨어뜨려 두 후배를 살폈다. 긴장이 풀린 탓인지 저마다 널브러져 꼼짝도 하지 못하는 모습들이었다.

"야, 살아 있냐?"

"……말 걸지 마시죠. 숨쉬기도 힘드니까."

어떻게든 몸을 질질 끌고 나무 둥치에 등을 기댄 아렌트는 그대로 눈을 감아 버렸다.

그 꼴을 보던 리히트는 짧게 한숨을 내쉴 수밖에 없었다.

"쉬어라. 경계는 내가 설 테니까."

"선배도 걸레짝인 건 마찬가진데 무슨."

"맞습니다."

아렌트가 구시렁대는 소리에 아서까지 합세했다.

이번에는 리히트의 주먹에 잠깐 힘이 들어갔다가 다시 풀어졌다.

한쪽 눈만 살짝 떠 그런 리히트를 곁눈질한 아렌트는 하늘을 향해 시선을 주었다.

해가 가라앉은 밤하늘에 별이 총총히 박혀 있었다.

피로감이 뒤늦게 물처럼 밀려들었다.

'블레이크는 죽었고.'

지금쯤 저승에서 빈센트와 드잡이나 하고 있겠지.

'성검의 푸른 기사'에서 나타났던 구울 소굴도 모두 소탕됐다.

가장 골치 아프게 했던 드래곤 구울도 정리됐고, 각자 다른 곳으로 파견된 다이아나와 켄드릭도 저마다 괴물 같은 놈들을 하나씩 맡아 정리했을 터.

앞으로 이것과 관련해서 문제가 되지는 않을…… 텐데.

'그놈들은 뭐지.'

지능이 있고, 마정석에 지배받지도 않는 구울.

확실히 지금 나타난 구울들은 빈센트와 슈타들러 백작의 손길을 받지 못해 소설 속 묘사보다 훨씬 약했다.

그렇다면 구울 개발이 중지되었다고 봐도 무방할 텐데.

'그쪽을 파 봐야겠군.'

어쩌면 기존 구울들을 한꺼번에 움직인 것도 그런 이유일지도 몰랐다.

이미 실패작일 뿐이니, 대량으로 소모해 버린 것이다. 그리고 앞으로는 새로운 구울 개발에 집중하겠지.

'드래곤의 시체는 좀 아깝겠지만.'

설마 라이오스가 그걸 베어 버릴 줄은 꿈에도 몰랐을 테고.

"하……."

더 이상 머리가 굴러가지 않았다.

아렌트는 그냥 등을 푸욱, 기대고 다시 눈을 감아 버렸다.

조만간 슈타들러 백작이 조사에 나설 테니, 앞으로 기사들이 알아야 할 정보는 그의 입에서 저절로 풀려나올 것이다.

당장 자신이 해야 할 일은 없었다.

"……."

아렌트가 조용해지자 잠자코 있던 리히트와 아서가 허공에서 눈을 마주쳤다.

"저거 죽은 건 아니죠?"

"잔다. 내버려 둬."

어느새 아렌트의 입버릇이 상당히 옮아 버린 아서에게, 리히트가 성한 쪽의 손을 휘휘 내저어 주었다.

아서 역시 앉은 채로 더 버티기 힘들었는지, 맨바닥에 그냥 벌러덩 드러누워 탄식을 터뜨렸다.

"이게 무슨 난리랍니까…… 일만 터지면 전부 대형 사고라니. 구울만으로도 기가 막힌데, 드래곤을 직접 구경할 날이 올 줄은 상상도 못 했습니다."

"앞으로 이런 일이 더 벌어질 거다."

아직 아무도 입 밖으로 내지 않은 말이었지만, 이제 그런 확신이 들었다.

"그러니 대비해야겠지."

놈들이 품은 살의는 빛의 신 루체의 가호를 받는 모든 생물을 향했다. 단지 황실만이 아니라, 제국의 비호 아래에 머무는 국민들 모두가 놈들의 표적인 것이다.

지금까지 터진 일들 모두, 그냥 지나쳤더라면 숱한 민간 피해를 냈을 게 뻔한 것들이었다.

돌이켜 보면 아직까지 피해자가 거의 나오지 않았다는 건 기적 같은 일이었다.

'덕분에 우리는 죽어라 고생했지만.'

그게 다 저 싸가지 없는 견습 기사 놈의 공이고.

적도 적이었지만, 이쯤 되면 가장 수수께끼는 아렌트였다.

'뭐 하는 놈인지.'

갑자기 황실에서 내려온 명령에 저놈의 입김이 닿았을 거란 확신을 지울 수가 없었다.

하지만 리히트는 고개를 내젓는 것으로 상념을 털어 버렸다.

'황태자 전하께서 녀석의 말을 믿으셨다면 그걸로 된 거겠지.'

분명 그만한 근거가 있었을 테니까.

황태자 역시 입을 다물기로 한 거라면, 기사들이 더 참견할 수 있는 부분은 아니었다.

거기까지 생각하니 마음이 한결 편해졌다.

모시는 황태자가 상상 이상으로 대책 없는 인간이고, 자신이 아렌트의 노림수에 완전히 넘어갔다는 걸 알 리 없는 리히트였다.

* * *

난데없이 나타난 드래곤의 유해에 그렇지 않아도 소란스럽던 황궁이 한 번 더 발칵 뒤집혔다.

연락을 받고 황궁에 복귀했던 슈타들러 백작은 거품을 물 기세로 당장 현장으로 출발하겠다며 날뛰기 시작했고, 칸타레스는 흔쾌히 그 바람을 들어주었다.

거기다가 자신 역시 빠르게 채비를 마쳐 제레온까지 대동한 채 드래곤이 나타난 현장까지 달려왔다.

슈타들러 백작은 거대한 드래곤의 유해를 보며 그야말로 미친 사람처럼 눈을 반짝였고…….

근처 도시 사람들까지 드래곤의 뼈를 구경하겠다고 몰려들어 자칫 현장이 엉망이 될 뻔했다.

이상이 칸타레스가 직접 전해 준 소식이었다.

아렌트는 제 앞에서 이런 이야기를 늘어놓는 황태자를 향해 노골적으로 한심하다는 시선을 보냈다.

"한가하십니까? 여기까지 다 오시고."

"누구 덕분에 바빠 죽을 지경이지만, 그래도 직접 와 봐야지."

드래곤의 뼈는 살아 있는 드래곤보다 더 구경하기 어려우니까.

단장과 선배들, 그리고 슈타들러 백작과 조수, 심지어는 황태자까지 정신없이 뛰어다니는 중에 아렌트는 반강제로 숙소에 처박혀야만 했다.

심지어 함께 쉬던 아서마저 이틀 전부터는 일을 하겠다며 나가 버렸으니, 슬슬 좀이 쑤시는 건 어쩔 수 없었다.

그러던 차에 칸타레스가 들이닥쳐 이런 말을 늘어놓은 것이다.

"유해는 일단 황궁으로 운반하기로 했다. 어떻게 사용할지는 후에 결정할 사항이고."

"팔아 치우든 뭘 하든 알아서 하세요. 돈 남으면 저한테나 좀 두둑하게 찔러주시고."

"너는 돈독이 얼마나 오른 거냐?"

칸타레스가 어처구니없다는 듯 대꾸했다.

"벌 수 있을 때 벌어야죠."

"그래, 어련하겠냐."

어쨌든, 무려 황태자가 직접 행차한 덕에 일은 순조롭게 처리되는 중이었다.

"중요한 건 그게 아니고."

칸타레스는 화제를 돌려 버렸다.

자신에게 향한 황태자의 눈빛이 갑자기 돌변한 것을 알아차린 아렌트가 살짝 눈살을 찌푸렸다.

"뭡니까?"

"그냥 개인적인 호기심으로 묻는 건데."

칸타레스의 눈이 가늘어지며 호선을 드리웠다. 호기심과 의구심을 굳이 숨기지 않으며, 그가 툭 내뱉었다.

"너 말이야. 여기에 드래곤 구울이 있다는 걸 알고 있었나?"

"……하아."

그러고 보니 이 인간도 호락호락 넘어갈 성정은 아니었지.

새삼 그 사실을 자각하며, 아렌트는 이마를 짚고 짧게 한숨을 내쉬었다.

"어허, 황태자 앞에서 한숨이라니. 불경하도다."

"……."

* * *

"왜 그렇게 생각하시는데요?"

"내가 바보도 아니고. 장소만 대충 파악하고 있었다기엔 인원 배치가 너무 적절했다고."

드래곤만큼은 아니었지만, 다른 기사들이 향했던 곳에도 상대하기 곤혹스러운 괴물들이 나타났다.

켄드릭은 머리가 세 개, 팔이 여섯 개 달린 오크 구울을 상대해야 했고, 다이아나는 구울이 된 와이번 떼를 마주쳤다.

그 외에 다른 곳은 그냥 일반적인 구울들이 쏟아져 나왔을 뿐이었다.

우연이라기엔 너무 딱 맞아떨어졌다.

"단장들이 간 곳에 다른 기사들을 보냈으면 최소 한두 명쯤은 죽었겠지. 인원 배치를 그렇게 지시한 건 너잖아."

"안 묻기로 쌍방 합의한 거 아니었습니까?"

"그건 내가 기사들을 움직여 주는 것만으로 충분히 값을 치른 것 같은데."

아렌트가 조금 짜증스레 물었지만 황태자도 물러서지 않았다.

"아직 하나 남았잖냐. 정보 제공자가 누구인지 밝히지 않는 거."

건수라도 하나 잡았다고 생각한 건지, 황태자는 빙그레 짓궂은 미소를 지었다.

"이 정도의 소소한 궁금증 정도는 채워 줄 수 있는 거 아닌가?"

언짢은 눈으로 개연성 제공자를 물끄러미 마주 보던 아렌트가 어깨를 으쓱했다.

"위대하고 고매하신 황태자 전하. 답이야 해 드릴 수 있지만, 그 내용이 얼마나 성의 있을지는 전하께서 어떻게 나오시느냐에 따라 달라질 거예요."

"……이상하군. 왜 이쪽이 취조받는 기분이 들지?"

"눈 반짝거리는 거 보면 티 다 납니다. 치사하게 협박이라도 해 보고 싶으셨던 것 같은데."

"……."

"어디 한번 아렌트 폰 에크하르트의 말만 듣고 전국 각지에 황실 기사단을 파견 보냈다고 말씀해 보시든가요.

물어뜯기는 게 아마 저뿐만은 아닐걸요."

저놈을 말싸움으로 이겨 먹어 보려던 게 실수였다. 노골적인 비웃음을 드리운 놈의 반반한 얼굴을 보자니 내심 배알이 꼴렸다.

"저야 더 잃을 건 없다지만. 그냥 서로 좋게 좋게 가는 게 편하지 않겠습니까? 꼭 일을 귀찮게 만드시네. 쯧."

"싸가지 없는 놈."

"새삼스럽게요?"

어깨를 으쓱한 아렌트는 느긋하게 소파에 등을 푹 기대고 다리를 꼬았다.

그 꼴이 평소보다 밉살맞게 보이는 건 왜일까.

황태자 앞에서 이런 건방진 꼴을 보일 수 있는 사람은 이 제국에서 자기 아버지 빼고는 이놈이 유일무이한 존재였다.

둘이면 좀 곤란할 테고.

"그래서, 대답은?"

"이제 와서 뭐…… 알고 있었습니다."

아렌트가 귀찮다는 듯 손을 휘휘 내저었다.

"그러면 라이오스 단장이랑 같이 이쪽으로 온 건?"

"당연한 걸 물으시네. 거리도 제일 가까웠고, 라이오스 단장님 외에 드래곤을 단신으로 막아 낼 수 있는 사람은 없잖아요."

특별히 귀여워해 줄 녀석 〈213〉

켄드릭과 다이아나도 강하지만, 라이오스가 그들을 앞지른 지는 꽤 오래된 일이었다.

"넌 그럼 알고도 드래곤이 있는 곳으로 돌진한 거냐?"

"진짜 드래곤도 아니고, 그냥 움직이는 시체일 뿐인데요."

"……."

위기감이 없는 건지, 아니면 신경 줄이 대단히 두꺼운 건지 구분이 잘 가지 않았다.

칸타레스는 어처구니가 없다는 표정을 하며 물었다.

"보통 사람이면 피해 갈 생각을 하지 않나?"

"생각해 보세요. 드래곤 구울이 나타나서 민가를 짓밟는다고 하면 단장님이 가만히 계셨겠습니까?"

황당하게 묻는 칸타레스에게 아렌트가 노골적으로 한심하다는 눈빛을 쏘아 보냈다.

"그건……."

아니지.

말문이 막힌 황태자가 입술을 달싹였다.

분명히 누구보다도 제일 먼저 달려가겠다며 나설 것이다. 아니, 명령이 떨어지기 전에 냅다 검부터 뽑고 뛰쳐나갈 게 뻔했다.

라이오스는 그런 인간이었다.

"어느 쪽이 더 편할지는 뻔한 일 아닙니까? 수습해야 할 일이 더 많아지면 귀찮아지는 게 누구라고 생각하시는지?"

결과적으로는 엄청난 피해를 막아 냈으니, 훌륭한 일을 해냈다며 칭찬받아 마땅한 일이었다.

"게다가 그 가면 놈은 꼭 직접 쥐어 패고 싶었거든요."

"이 올곧은 새끼······."

왜 항상 말을 이따위로 하는지.

뻔뻔하게 그딴 말이나 지껄이는 아렌트를 곱지 않은 눈으로 노려보던 칸타레스는 결국, 한숨을 푹 내쉬고 화제를 돌려 버렸다.

"일단 다른 곳에도 황실 마법사 조사원을 파견했어. 어제 첫 보고가 올라왔는데, 현장 근처에서 마력을 모조리 빼앗긴 채 죽은 인간 시체가 나왔다더군."

블레이크의 명령을 받고서, 마지막 마력 한 방울까지 억지로 짜내 마정석을 작동한 것이다.

"블레이크란 놈이 직접 향한 곳은 네가 처음 짚은 국경 지역이랑 이쪽이 다인 것 같다. 나머지는 근처 지역의 수하가 놈의 명령을 받고 움직인 것 같아."

그래서 동시다발적으로 구울들이 튀어나올 수 있었던 것이다. 한발만 늦었더라면 아찔한 상황이 벌어졌을 게 뻔했다.

"그래도 피해자가 거의 없다는 걸 보니, 전하께서도 꽤 발빠르게 움직이셨던 모양이네요?"

"그랬지. 젠장, 내가 얼마나 고생했는데."

황실 기사단에 출격 명령을 내린 뒤 칸타레스가 다음으로 한 건, 현장 근처의 치안대와 영주들에게 연락을 돌리는 일이었다.

기사단이 현장에 도달할 때까지 아무 일이 벌어지지 않으리란 확신이 없었으니까.

결과적으로 옳은 판단이었다.

기사들이 도달했을 때, 이미 영주의 기사들과 치안대가 구울을 상대로 사투를 벌이던 곳도 여럿 있었다.

"부상자는 몇 나왔지만 사망자는 없다. 다이아나 경이 간 쪽에서 치안대장이 크게 다치기는 했다지만, 생명에 지장은 없다더군."

이 정도면 제법 성공적인 토벌이었다.

아렌트의 입가가 씨익, 휘어졌다.

"개같이 구른 보람이 있어서 다행이네요."

"그래, 어련하겠냐."

그와 반대로 칸타레스의 표정은 못마땅하게 변했다.

"어떻게 넌 황궁 밖으로 나갈 때마다 걸레짝이 되냐. 게다가 정도가 점점 심해지는 것 같다?"

"누구 때문이겠습니까. 뭐, 어디 사는 황태자 전하께서 수고비는 넉넉하게 챙겨 주시겠죠."

상처투성이 얼굴로 어린 견습 기사가 씨이익, 장난꾸러

기처럼 웃었다.
 비웃음도 아니고 실소도 아닌, 딱 제 나이대 소년 같은 미소에 칸타레스는 한순간 얼이 빠지고 말았다.
 "너…… 기분 좋냐?"
 "네? 아뇨? 아파 죽겠는데 기분이 좋겠습니까?"
 하지만 그건 허상이었다는 듯, 순식간에 사라져 버렸다. 하지만 칸타레스는 좀처럼 충격을 거둘 수 없었다.
 "그럼 뭐, 어디 머리라도 부딪쳤어? 이거 완전 맛 간 거 아냐?"
 칸타레스는 아렌트 이마에 손을 갖다 댔다.
 "맛 간 건 제가 아니라 전하 쪽인 것 같은데요."
 아렌트가 질색하며 몸을 뒤로 빼는 그때.
 "전하, 잠시 괜찮으십니까? ……아."
 두 사람이 말다툼하는 사이, 문을 달칵 열고 들어왔던 제레온이 방 안의 꼴을 보고는 멈칫했다.
 잠깐 고민하던 보좌관은 그대로 후진해 문을 다시 닫아 주었다.
 "왜 그러십니까, 보좌관님?"
 "아니요, 아무것도 아닙니다."
 마침 뒤에서 다가온 아서가 의아하게 묻자, 제레온은 사람 좋은 미소를 지으며 그렇게 답해 주었다.
 얼마 남지 않은 황태자의 체통을 조금이나마 지키려는

특별히 귀여워해 줄 녀석 〈217〉

보좌관의 눈물겨운 노력이었다.

* * *

이러니저러니 해도, 칸타레스는 일 잘하고 유능한 황태자였다.

모든 일이 진정된 뒤 구울 사태를 발표하며, 견습 기사와 나눈 비밀스러운 거래를 착실히 이행해 낸 것이다.

"……이것이 바로 마정석 광산에서 발견된 기록이다. 그리그 후작이 숨기려고 했었던 그 광산. 슈타들러 백작이 정리했고."

온갖 중진들이 모인 회의에서, 칸타레스는 낡아 빠진 양피지 더미를 내밀어 보였다.

거기에는 각 장소에 봉인된 구울의 종류와, 그것들을 멈추는 방법까지 고대어로 상세하게 기록되어 있었다.

귀족들은 한 치의 의심도 없이 고개를 끄덕였다.

"그렇다면 라이오스 단장이 국경 산맥으로 향한 것은……."

"그래, 내가 명령한 일이었다. 현장을 확인한 라이오스 단장이 심각성을 깨달은 즉시 출격을 요청해 왔지. 덕분에 사태가 크게 번지기 전에 막을 수 있었다."

"라이오스 단장의 공이 아주 큽니다."

누군가가 감탄을 터뜨렸다. 그러자 여기저기에서 라이

오스를 칭송하는 말이 흘러나오기 시작했다.

이 기록이란 것은 물론 슈타들러 백작이 만들었다.

특유의 소심한 성정 때문에 설득하는 데 조금 애먹긴 했다. 공식적으로 발표될 기록을 조작하란 말에 지레 겁부터 먹었으니까.

이걸 만들지 않으면 나중에 드래곤의 뼈를 조사할 때 귀족들에게 방해받을지도 모른다고 살살 꼬드기며, 아렌트가 부탁한 일이라는 말까지 하고 나서야 그의 협조를 구할 수 있었다.

분위기를 살피던 칸타레스는 속으로 안도했다.

'아무래도 문제없을 것 같군.'

이 자리에서 아렌트의 이름은 단 한마디도 나오지 않았으니 목적은 충분히 달성했다.

'그럼 다음은······.'

그 물건인가.

칸타레스의 낯에 약간의 기대감이 서렸다.

그리고 그날 밤, 모두가 잠든 시간.

황태자의 집무실에 불이 켜졌다.

모여든 사람은 집무실의 주인인 칸타레스와 그를 모시는 보좌관 제레온, 충직한 기사 라이오스, 그리고 여전히 붕대 신세를 면치 못한 아렌트, 자문 역할로 참석한 슈타들러 백작이었다.

"물건은?"

"예, 전하."

라이오스가 품에 감춰 뒀던 작은 꾸러미를 꺼냈다. 블레이크의 시신에서 수습한 아티팩트였다.

평범한 가죽끈 끝에 투명한 보석이 달랑거렸다.

서리 어린 손길과 강한 자의 그림자가 그렇듯 일견 수수한 생김새였다. 하지만 그게 평범한 물건이 아니라는 것은 풍기는 마력만 느껴 봐도 대강 알 수 있었다.

"혹시 제가 한번 살펴봐도 괜찮겠습니까?"

"예, 그러십시오."

슈타들러 백작의 말에 라이오스가 목걸이를 건네주었다.

백작은 눈을 찌푸리며 목걸이를, 정확히는 투명한 보석을 꼼꼼하게 살피기 시작했다.

한참 만에 그가 심각하게 중얼거렸다.

"이건…… 광물이 아닌 것 같습니다. 자세한 것은 연구실에서 살펴보아야 알 수 있겠습니다만."

"광물이 아닙니까?"

"예, 보석처럼 보이지는 않습니다. 무언가를 수십 번 깎고 갈아서 보석처럼 보이게 만든 것 같습니다. 예를 들어서……."

목걸이를 가만히 들여다보며 백작이 말을 이었다.

"마력을 강하게 품은 생물의 뼈는 잘 가공하면 마정석

과 비슷한 효과를 내기도 한답니다."

"예?"

라이오스가 멈칫했다. 평소처럼 차를 준비해 오던 제레온 역시 걸음을 뚝 멈췄다.

칸타레스와 아렌트 역시 눈을 동그랗게 뜬 것은 마찬가지였다.

뼈.

자신이 내뱉은 그 단어에 슈타들러 백작 역시 이내 입을 쩍, 벌렸다.

아렌트가 떨떠름히 말했다.

"그런 걸 얼마 전에 본 거 같은데요. 지상의 어떤 종족보다 많은 마력을 가진 생물의 뼈."

드래곤의 뼈로 만들어진 보석.

칸타레스가 아득하게 중얼거렸다.

"그러니까, 이게…… 드래곤 본이라고……?"

전설 속에서나 등장하는 재료였다.

"아, 아니, 잠시만. 아직 그렇다고 확신할 때는 아니지 않나?"

"아닙니다. 아마 확실할 겁니다! 상황이 너무 공교롭습니다."

퍼뜩 정신을 차린 칸타레스가 급히 하는 말에 백작이 세차게 고개를 내저었다.

"드래곤의 뼈가 발견된 게 바로 얼마 전입니다. 드래곤 일족 중 일부가 악신교에 투신한 상태라면……."

드래곤의 유해로 구울을 만드는 정신 나간 짓도 가능했겠지.

수명이 다하기 직전, 제 시신을 교에 기증하고 떠난 것이 아닐까? 언젠가 다시 이 땅에 악신이 도래할 때 무기로 쓰일 수 있도록.

백작이 대충 얼버무린 뒷말을 짐작하지 못할 사람은 아무도 없었다.

"이런 씨……."

넋 나간 황태자의 입에서 욕설이 흘러나오다 말았다.

* * *

드래곤은 개인주의 성향이 강하지만, 그럼에도 피를 나눈 혈연 간에는 어느 정도 교류를 유지한다.

슈타들러 백작이 말한 '일족'이란 혈연으로 이어진 작은 모임 비슷한 거였다.

인간만큼 가문을 중요시하는 건 아니었지만, 전쟁과 같은 큰일이 생길 때면 종족은 보존해야 하니 일족끼리 뜻을 같이할 때가 많다.

여기까지가 슈타들러 백작의 설명이었다.

멍하니 듣던 칸타레스가 더듬더듬 물었다.

"그러니까…… 드래곤 전체는 아니더라도 일족 하나 정도는 통째로 놈들 편에 붙었을지도 모른다고?"

"단정할 수는 없습니다만, 분명 가능성은 있습니다."

전쟁 때 살아남은 개체가 있을지도 모른다는 것은 언젠가 아렌트와 칸타레스, 둘이서도 나눈 적이 있는 이야기였다.

만약 드래곤 일족과 교단이 여전히 깊은 사이를 유지하고 있다면 그것만큼 곤란할 일은 없었다.

"드래곤 본은, 드래곤 스스로 인정한 존재에게 우정의 증표로 뼈를 한 조각 내주는 것이란 전승이 있습니다. 그렇게 얻은 드래곤 본이야말로 가장 품질이 좋다고 하지요."

슈타들러 백작이 혼이 빠져나간 사람처럼 주절거렸다.

"그러니까, 즉…… 살아 있는 드래곤이 제 뼈를 깎아 만드는 겁니다. 애초에 드래곤의 뼈를 제대로 가공하는 건 같은 종족인 드래곤만 가능한 일입니다."

"그러니까 결국 요점이 뭔데?"

결국 칸타레스가 참지 못하고 버럭 언성을 높이자 슈타들러 백작은 끼기긱, 소리가 날 것 같은 뻣뻣한 움직임으로 고개를 돌렸다.

"좀 더 조사해 봐야 아는 거지만, 그 아티팩트가 만약, 정말로 드래곤 본이고…… 최근에 제작된 거라면…… 뼈

주인인 그 드래곤이……."

"아직 교단에 몸담고 있을지도 모른다는 말이죠?"

"그겁니다!"

말꼬리를 점점 늘이던 슈타들러 백작은 아렌트가 한마디 끼어들자 번개를 맞은 사람처럼 펄쩍 뛰어올랐다.

"세상에, 세상에! 제가 좀 더 자세히 조사해 봐도 괜찮겠습니까? 드래곤이라니, 살아 있는 드래곤이라니!"

"알겠으니 일단 진정 좀 해, 백작!"

황태자의 말도 제대로 들리지 않는 것 같았다. 이럴 때야말로 백작의 미친 연구자스러운 면이 발동되는 순간이었다.

결국 라이오스가 슈타들러 백작을 자리에 꾹, 눌러 앉혔다.

"백작님 말씀도 타당합니다만, 일단 흥분하는 건 조사를 마친 다음에 해도 괜찮을 것 같습니다."

"예에……."

미련이 뚝뚝 남는 얼굴로 고개를 끄덕인 슈타들러 백작이 한풀 누그러진 기세로 말을 이었다.

"어쨌든, 이것은 제가 가져가 조사해 보겠습니다."

"그렇게 해 주면 고맙겠군. 구울들이 있던 곳의 현장 조사는 끝났나?"

"그곳은 일단 조수들을 보내 두었습니다. 와이번 구울

과 오크 구울은 연구실로 운반해 좀 더 깊이 연구해 볼 계획입니다만, 우선 말씀드릴 것은."

칸타레스가 급히 화제를 돌리자, 백작은 품에서 보고서를 꺼내 황태자에게 건네주었다.

"바닥의 마법진은 인간의 피로 그려진 것입니다. 봉인 마법진을 변형시킨 것이고, 최소 10년은 되어 보였습니다. 그리고 구울 두 종류의 시신을 비교해 보았습니다만……."

백작은 칸타레스가 든 보고서를 한 장 넘겨주었다.

비슷하게 생긴 구울 두 체가 나란히 스케치되어 있었다. 한쪽은 일반적인 구울, 다른 하나는 지능이 있고 말을 하던 구울이었다.

"제작 방식이 달랐습니다. 여전히 완전히 이해할 수 없는 기술이긴 하지만, 지능이 있다고 확인된 쪽은 아직 살아 있는 인간을 토대로 만든 것은 확실해 보입니다."

"역시 그렇군."

황태자의 입에서 침음이 흘렀다.

끔찍한 일이었다.

굳어 있다가 그제야 테이블에 찻잔과 다과를 내려놓으며 제레온이 물었다.

"그렇다면…… 그자들이 생체 실험이라도 한다는 말씀이십니까, 백작님?"

"그리 추측할 수 있겠습니다."

거기에 백작이 한마디 더 첨언했다.

"빈센트, 그자와는 다른 계열의 연구자입니다. 더 이상 연금술의 영역에서 벌어질 수 있는 일이 아닙니다."

결국 또 다른 연구자가 최근 교단에 개입해 왔다는 뜻이었다.

쯧, 혀를 찬 아렌트가 머리를 벅벅 긁적였다.

"일단은, 좋아요. 아직은 다 가능성 정도일 뿐이니까, 미리 걱정해 봤자 소용없겠죠."

중요한 건 지금부터 어떻게 해야 하느냐였다.

복잡한 심경에 잠겨, 모두는 한동안 쉽사리 입을 열지 못했다.

* * *

생활관에 돌아오니, 산더미처럼 쌓인 서류 더미가 아렌트를 반겼다. 현장에서 복귀하기 전, 슈타들러 백작이 가져다 둔 거였다.

"뭐 하나 쉬운 게 없어. 젠장."

짜증스레 의자에 털썩 걸터앉은 아렌트는 보다 만 책을 펼쳐 들었다.

백작이 나름대로 추려 준 거였지만, 그럼에도 분량이 방대했다. 그걸 하나하나 다 확인하면서 미쳐 돌아가는 상황에 응대하려니 골치가 아파 돌아 버릴 지경이었다.

'순조롭다면 순조롭다고 할 수 있을 텐데.'

지금껏 아무것도 빼앗기지 않았다. 빈센트와 블레이크를 저지했고, 제국은 아직 평화로웠다.

하지만 자꾸 급변하는 상황은 따라가기 벅찰 수밖에 없었다.

드래곤에, 산 사람으로 만든 구울이라니. 또 자신이 아는 것과는 다른 방향으로 흘러가고 있었다.

온통 수수께끼뿐이었다.

밤의 신, 어둠의 신은 왜 악신이 되었는가. 어째서 이제야 다시 나타났고, 드래곤은 또 무슨 염병할 드래곤인지.

드래곤의 존재는 악신과 마찬가지로 '성검의 푸른 기사'에서는 거의 언급되지 않은 요소였다.

빈센트가 부린 드래곤 구울이 라이오스의 검에 쓰러진 뒤, 소설에서는 완전히 자취를 감춰 버렸다. 그 후 제국이 쑥대밭이 될 때까지도 놈들은 모습을 드러내지 않았다.

'제 존재를 드러내길 꺼린다는 건가.'

결국 글에 집중하지 못한 아렌트는 책을 탁, 덮어 버리고 벌떡 자리에서 일어났다.

그렇다면 무슨 수를 내서라도 놈들을 이 판에 끌어내야만 했다.

무대 뒤에 처박혀 숨죽이고 있는 걸 구경만 할 생각은

전혀 없었다.

'숨어 있을 거면 애초에 끼어들지를 말았어야지.'

주인공에게 베이려면 악역 역시 스포트라이트 앞까지 끌려 나와야 한다.

주인공의 서사로 소비된 다음에는 아예 그 존재까지 잊혀야 하고.

그게 권선징악 이야기의 기본이다.

물론 그런다고 해서 드래곤을 감당할 수 있느냐, 하면 좀 아리송하지만, 기습을 당해 혼란에 빠질 바에야 시야 안에 두고 경계하는 편이 나았으니.

'드래곤의 유해에, 드래곤의 뼈로 만들어진 아티팩트라……'

분명 이용할 방법이 있을 텐데, 지금 당장은 뾰족한 수가 떠오르지 않았다.

"아."

한참을 고민하던 견습 기사의 입에서 짧은 탄성이 터져 나왔다.

"그 자식들은 지금 뭐 하지?"

자신이 이 무대에 개입한 뒤, 아직 등장하지 않은 패거리가 있었다.

사실 지금 상태라면 당분간 엮일 일도 없을 것이다.

아직 전쟁이 터지지 않았고, 지금까지 벌어진 일들은 제국 내의 해프닝 정도로 치부될 뿐이니까.

하지만 일이 터질 때까지 기다리면 늦는다. 그리고 놈들이라면, 어쩌면, 드래곤과 관련된 정보를 알지도 모른다.

 '하지만 접촉할 방법이 없는데.'

 바야흐로 따라온 또 다른 고민거리였다.

 한참 동안 머리를 굴리던 아렌트는 이내 포기하고는 의자에 몸을 푹 기대고 말았다.

 "에이 씨, 뭐 쉬운 게 없어."

 가만히 눈을 감고 멍하니 있기를 한참…… 아렌트는 갑자기 눈을 번쩍 떴다.

 "잠깐만."

 한 가지 있었다.

 놈들과 연결고리를 만들 기회가.

 벌떡 몸을 일으킨 아렌트는 번개 맞은 사람처럼 당장 오늘 날짜를 확인했다.

 "내가 왜 이걸 잊었을까?"

 잠시 후, 그의 입가에 만족스러운 미소가 피어났다.

 역시 사람이 궁지에 몰려도 죽으란 법은 없는지, 칼리온 제국의 건국 기념일이 다가오고 있었다.

　　　　　　　* * *

 "그렇지, 슬슬 다음 주쯤부터 바빠지겠군."

다짜고짜 집무실에 쳐들어와 건국 기념일 행사를 묻는 아렌트에게, 칸타레스는 순순히 고개를 끄덕여 주었다.

"이번에도 제법 성대하게 열릴 거다. 그러고 보니 넌 황궁 안에서 건국 기념일을 맞는 건 처음인가?"

"네, 그래서 어떻게 굴러가는지는 잘 몰라요."

"그럴 만도 하지."

들고 있던 펜을 내려놓으며 황태자가 간단히 설명했다.

"며칠간은 황성 시내에서 축제가 열릴 거야. 그리고 황궁에서는 동맹 국가의 귀빈들을 초대해 연회를 베풀지."

"동맹국 분들은 대부분 참석하십니까?"

"어어, 칼리온 제국의 건국 기념일은 긴 전쟁이 끝난 날이기도 하니까. 초대 황제 폐하께 신세를 진 나라에서는 직접 왕실 사람을 보내기도 해."

"흐음."

왕실 사람이라.

'최고네.'

'성검의 푸른 기사'에서 이 시기에 치러진 건국 기념일은 거의 초상집 분위기였다. 내전 때문에 국가 안팎이 흔들리는 상황이니 당연한 일이었다.

하지만 지금은 사정이 달랐다.

악신교 때문에 불안한 것은 마찬가지였지만, 라이오스가 드래곤 구울을 베었다는 소식이 퍼지며 황궁은 상당히 들뜬 분위기였다.

인생 쉬운 거 하나 없다는 말, 취소.

역시 하늘이 무너져도 솟아날 구멍은 있었다.

"뭐야. 너, 왜 이렇게 관심이 많냐?"

"아뇨, 그냥 한 가지 제안드릴 게 있는데요."

황태자가 불안하게 말꼬리를 올리는 건 무시해 버리고, 아렌트는 제 할 말만 꺼내 놓았다.

"아냐, 제안하지 마. 안 돼. 네가 이딴 식으로 말할 때마다 좋은 꼴은 한 번도 못 봤어."

"에이, 그러지 마시고."

칸타레스가 격하게 거부했지만, 거기에 아랑곳할 놈이 아니었다.

아렌트는 실실 웃음을 흘리기 시작한 뒤였다.

"드래곤의 유해를 연회장에 전시하는 건 어떻습니까? 드래곤을 사냥한 기사의 공도 치하할 겸, 귀빈 여러분들께 좋은 구경거리도 제공해 드릴 수 있을 겁니다."

"……."

진득한 침묵이 흘렀다.

그리고 잠시 후, 칸타레스 입에서 허탈한 목소리가 흘러나왔다.

"넌 진짜…… 천벌받을 거야."

드래곤을 전시한다.

말은 쉽다.

그리 터무니없는 일만은 아니었다.

하지만 불과 얼마 전까지 드래곤이 인간계 어디 섞여 있을 뿐만 아니라, 체르니온교에 꽤 적극적으로 몸담고 있을 가능성이 크다는 대화를 나누던 참이었다.

그런데 그들의 친족일지도 모르는 유해를 사람들 앞에 구경거리로 내어놓자고?

"사람이 제일 열받을 때가 언제인지 아십니까?"

"물건 빼앗겼을 때?"

"빼앗아 간 놈이 뺏긴 물건을 눈앞에 흔들며 살살 놀릴 때요. 이번 기회에 놈들 속도 좀 긁어 주자고요."

"너 잠깐, 설마 속을 긁겠다는 게……."

"악신교 놈들도 그렇고, 당연히 어딘가에 살아 있을 드래곤도 포함인데요."

"미친 새끼 아냐, 이거."

결국 칸타레스 입에서 욕설이 튀어나오고야 말았다.

하지만 아렌트는 당당했다.

"안 될 이유는 뭐 있습니까? 저들은 한 번 나타날 때마다 인간계를 쑥대밭으로 만들었다면서요."

"……."

"게다가 지금 인체 실험 정황까지 보이고 말입니다. 다 삭은 뼈 하나 사람들한테 구경거리로 내밀었다는 걸로 이쪽이 죄책감을 가질 필요가 있을까요?"

매우 정성스러운 헛소리였지만, 자꾸 그럴듯하게 들린다는 게 문제였다.

"어차피 동맹국 쪽에도 지금 상황을 알려야 하니, 이번이 좋은 기회일지도 모릅니다. 칼리온 제국이 놈들을 통째로 떠안을 필요는 없어요."

"……."

"막말로, 왜 우리만 고생해요? 옛날 전쟁 때도 초대 황제 폐하 덕분에 명맥을 이었다는 놈들인데, 이번 기회에 선조들의 은혜나 좀 갚으라고 하죠."

평소에는 눈 씻고 찾아볼 수 없던 애국심까지 내보이며, 아렌트가 뻔뻔하게 주절거렸다.

외교적인 목적으로는…… 그래, 지금 놈의 말은 틀린 게 없었다.

하지만.

어쩐지 자신도 어딘가의 단장처럼 위가 쓰리게 될 것 같은 기분이었다.

* * *

아렌트의 돌발적인 발언에, 칸타레스는 당장 어떠한 반응을 보이는 것 대신 간단한 회의를 소집했다.

놈의 직속상관인 라이오스와 황궁에 머물던 슈타들러 백작을 호출한 것이다.

"……."

"……."

일련의 이야기를 들은 두 사람의 얼굴이 아득해졌다.

그 누구도 먼저 말을 꺼내지 못하는 가운데, 의외로 가장 먼저 아렌트 편을 들어 준 사람은 가만히 대화를 듣기만 하던 제레온이었다.

"어쩌면 괜찮은 수일지도 모르겠습니다."

"젠, 진심이야?"

칸타레스가 제 귀를 의심하며 되묻자, 제레온은 어색하게 웃으며 고개를 끄덕였다.

"네. 포로로 잡은 이들에게서 아무런 정보를 얻을 수 없는 상황이니, 이쪽에서 그들을 추적하는 데에는 분명 한계가 있습니다. 그럴 때는 적을 도발하는 것도 한 가지 방법이지요……."

말끝을 흐린 보좌관이 아렌트를 힐끗 보았다.

"물론 제정신이라면 하지 않을 발상이긴 합니다만."

"지극히 제정신인데요, 저."

"조용히 해라."

아렌트가 쫑알거리자 칸타레스가 낮게 으르렁거렸다.

그때, 슈타들러 백작이 소심하게 운을 뗐다.

"하지만 너무 위험하지 않겠습니까? 어쩌면 앙심을 품고 보복해 올지도 모릅니다. 건국 기념일에 무슨 변고가 생긴다면 외교적으로 큰 문제가 발생할 겁니다."

"아마 쉽사리 움직이지는 않겠지. 놈들도 전력을 정비할 시간이 필요할 테니까."

하지만 칸타레스가 가볍게 부정했다.

잇따라 벌어진 일들로 놈들의 전력은 크게 소모되었다. 빈센트와 블레이크를 잃고, 중요한 자금줄이던 레베카까지 토벌당했으며, 구울마저 대거 잃었으니까.

게다가 국내외 귀빈들이 모이는 자리이니, 다른 나라에서도 적지 않은 병력을 호위로서 딸려 보낼 것이다.

그런 곳에 무턱대고 덤벼들 만큼 멍청한 놈들은 아닐 것이다.

"참고로, 전시되는 건 드래곤만이 아닙니다."

"뭐?"

"단장님이요. 무려 드래곤을 사냥한 기사잖아요?"

"뭐라고?"

눈에 띄게 당황한 라이오스가 도움을 요청하듯 칸타레스와 제레온을 보았다. 하지만 두 사람은 괜히 말려들고 싶지 않다는 듯 슬그머니 딴청을 피울 뿐이었다.

"리히트 선배님께 다 들었습니다. 한참 고전하던 와중에 목숨을 아끼지 않고 드래곤 몸속으로 뛰어드셨다면서요?"

"잠깐만, 그건……."

"역시 이 시대, 진정한 기사의 귀감이 될 만하십니다. 칼리온 제국 최강 기사, 황실의 검, 루체 신의 수호자다운 행동이 아닐 수 없네요."

무표정한 얼굴로 주절대는 견습 기사는 화룡정점으로 박수까지 짝짝짝, 영혼 없이 쳐 댔다.

라이오스의 얼굴이 벌겋게 달아올랐다.

"대중은 영웅을 좋아합니다. 영웅 한 명을 내세우고, 적들을 철저히 악의 무리로 몰아가면, 당연히 악신교를 향한 여론은 더욱 안 좋아질 테죠."

"그래서?"

"놈들은 일단 신을 앞세우잖습니까. 나중에라도 사람들이 그쪽으로 넘어갈지도 모를 테니, 그런 일을 미연에 방지하자고요."

이번 기회에 라이오스를 팔아넘겨 놈들을 이단으로 특정해 버리자는 말이었다. 언젠가 우연히 들른 여관의 식당에서 아렌트가 벌였던 광대 짓의 연장선인 셈이었다.

가만히 듣던 제레온이 입을 열었다.

"마침 라이오스 단장의 근황을 궁금해하시는 분들이 꽤 많아졌습니다. 아무래도 이번 일 때문이겠지요."

"하지만 보좌관님."

"그것도 그렇군. 이번에 라이오스 단장이 큰 공을 세운 것도 사실이고."

라이오스가 제레온의 입을 어떻게든 막으려고 했지만, 이번에는 칸타레스가 고개를 끄덕였다.

"드래곤을 베어 낸 기사라니, 귀빈들이 환장할 만하지 않습니까?"

"아니라고 생각한다."

능글맞은 미소를 씨익, 그리며 아렌트가 은근하게 물어오자 라이오스가 재빨리 정색했다.

하지만 이 자리에 그의 말을 들어 주는 사람은 단 한 명도 없었다.

필요 이상으로 유능한 제레온이 당장 해야 할 일을 짚어 냈다.

"일단 제가 일정을 한번 조율해 보겠습니다. 슈타들러 백작님께도 문의해야겠네요. 드래곤의 유해를 대중에게 공개하려면 그 전에 준비해야 할 것들이 많을 것 같습니다."

"미리 축사 정도는 준비해 둬, 라이오스 단장. 명령이야."

"……."

칸타레스까지 씨익 웃으며 어깨를 툭툭 두드려 오자, 라이오스는 그만 손에 얼굴을 파묻고 말았다.

"제레온 보좌관님."

"네?"

"죄송하지만 위장약 좀……."

특별히 귀여워해 줄 녀석 〈237〉

위장이 쿡쿡 쑤셔 왔다.

＊　＊　＊

그리고 며칠 뒤.
황실 기사단 단장 회의 시간.
다이아나와 켄드릭은 얼굴이 시커멓게 죽은 라이오스를 안쓰럽게 바라보았다.
"괜찮나?"
"……예, 괜찮습니다."
보다 못한 켄드릭의 물음에 꾸역꾸역 대답하는 모습이 무척이나 안 괜찮아 보였다.
다이아나가 쓴웃음을 지었다.
"누가 황태자 전하께 충언 좀 올려 주시죠. 그 녀석이랑 너무 친하게 지내시면 안 된다고."
"글쎄, 경이 한번 도전해 보는 건 어떤가? 친하게 지낸 적 없으시다며 오히려 역정을 내실 것 같긴 하네만."
"황태자 전하께서도 슬슬 인정하셔야 할 텐데요."
두 사람이 두런두런 대화를 나누는 중에도 라이오스의 얼굴은 계속해서 침울해져만 갔다.
"전 공치사를 바라지 않습니다."
"하지만 그래도 좋은 일 아닌가. 게다가 대단한 일을

해낸 것도 사실이니 너무 침울해하지 말게."

"……."

켄드릭의 위로에도 라이오스의 얼굴은 펴질 줄을 몰랐다.

의기소침해 있는 3기사단장이란 상당히 보기 드문 구경거리였다.

원래 라이오스에게는 그런 성향이 없지 않아 있었다.

책임지는 것과 적 앞에 가장 먼저 나서는 것에는 거리낌 없지만, 정작 제가 세운 공을 필요 이상으로 칭찬받는 것은 늘 불편해하던 그였다.

그런 데다 아렌트에게 죽어라 놀림당하기까지 했다니, 아무래도 충격이 심한 것 같았다.

"이런 면은 어릴 때부터 정말 변하지 않는군."

"그러게나 말입니다. 나쁘지는 않습니다만."

라이오스는 흐뭇한 웃음을 흘리는 두 사람을 원망스럽게 바라보았다.

그 모습이 꼭 평기사 시절의 라이오스를 연상케 해, 오히려 역효과만 나고 말았지만.

한참을 웃던 켄드릭이 화제를 돌렸다.

"그래서, 새로 발견된 아티팩트는 드래곤 본이 맞다던가? 슈타들러 백작이 조사했다면서."

"예, 게다가 비교적 근시일 내에 제작된 것 같다고 하셨습니다."

라이오스가 무겁게 고개를 끄덕였다.

"언제 추출된 뼈인지는 알 수 없지만, 지극히 최근에 연마한 것이라고 합니다. 추측컨대, 아티팩트 몇 개를 이쪽에 빼앗기면서 급하게 제작한 게 아닌가 합니다."

"끄응, 결국에는 이렇게 되는군."

드래곤이 놈들의 주축이 되어 움직인다는 게 거의 확실시되었다.

한 번 인간계에 나타날 때마다 역사를 뒤집어 흔드는 존재가 바로 드래곤이었다. 만약 그들과 정면으로 싸워야 할 때가 온다면, 그때는 목숨을 몇 개나 바쳐도 모자랄 것이다.

아니, 기사들의 목숨으로 끝난다면 다행이지. 최악의 경우 제국이 쑥대밭이 될지도 모를 일이었다.

"이런 판에 드래곤까지 도발하겠다니…… 아렌트 경다운 일이군."

켄드릭이 다시금 너털웃음을 터뜨렸다. 게다가 그 말에 황태자가 순순히 동의했다는 것도 신기한 일이었다.

적지 않은 시간 동안 봐 왔지만 여전히 알 수 없는 놈이었다.

무모한 것 같으면서도 지독히 계산적이고, 이기적인 것 같으면서도 결국 모두에게 득이 되는 쪽을 지향하는 게 그놈이니까.

가장 문제는, 제 머리통에 어떤 생각이 오가는지 시원스레 말해 주는 법이 없다는 거였다.

심란함을 감추지 못하는 젊은 기사단장을 보며 켄드릭이 시원한 웃음을 터뜨렸다.

"이거, 오랜만에 황궁이 활기차지겠군."

뭐가 되었든 녀석의 입김이 들어갔다고 하니, 분명 재미있는 일이 벌어질 것 같았다.

드래곤이든, 체르니온 신이든 상관 없었다.

제국 황실을 향해 이빨을 드러낸다면, 어차피 해야 할 일은 하나뿐이니.

기사로서 국가와 주군, 백성을 지키기 위해서라면 기꺼이 한 몸 바칠 준비가 되어 있었다.

켄드릭은 평생을 함께한 검을 어루만지며 각오를 다졌다.

* * *

한 번 결정된 일은 일사천리로 진행되었다.

본격적으로 건국 기념일 축제 준비가 시작되고, 우선 황궁에 잠들어 있던 드래곤의 유해를 먼저 설치하기로 했다.

가장 큰 홀 하나가 통째로 비워지며, 궁에는 때아닌 소란이 벌어졌다.

"조심해서 다뤄 주십시오! 조심!"

백작은 전에 없이 큰 소리를 질러 가며 여기저기를 뛰어다녔다. 눈에 핏발이 벌겋게 선 것이, 며칠 동안 밤을 꼴딱 샌 게 눈에 보일 지경이었다.

백작에게 자초지종을 들은 노이만 상단 역시 인부를 지원해 주고, 응접실을 치장하는 물품을 대주며 도움을 아끼지 않았다.

수많은 장인들이 손을 보태고 슈타들러 백작이 히스테리를 부려 대기를 열흘.

드디어 드래곤은 거대한 날개를 활짝 펴고 울부짖는 형상으로 재탄생했다.

날개 양끝은 응접실 천장에 아슬아슬하게 닿아 있었고, 턱뼈를 쩍 벌리고서 아래로 고개를 숙인 모양새는 금방이라도 사람들을 향해 브레스를 뿜어 낼 것 같은 모습이었다.

"여기가 조금이라도 좁았다면 큰일 날 뻔했습니다."

눈빛이 까맣게 탄 슈타들러 백작이 제 작품을 올려다보며 뿌듯하게 말했다. 몸을 숙이고 꼬리를 동그랗게 만 자세인데도 홀이 가득 찰 지경이었다.

"정말 굉장하군."

설치가 완료되었다는 소식에 누구보다 먼저 달려온 칸타레스가 순수한 감탄사를 터뜨렸다.

이런 놈을 고작 부하 셋을 대동한 채 베어 냈다니, 새삼 라이오스 드 윈프리드가 얼마나 강한 기사인지 체감할 수 있었다.

"하아…… 드래곤의 골격을 하나하나 살펴볼 날이 올 거라고 누가 알았겠습니까. 골격만으로도 이리 아름다운데, 실제 드래곤은 얼마나 위엄 넘치는 종족일지 기대됩니다."

"저기, 백작. 그 위엄 넘치는 종족이 우리 제국을 짓밟겠다며 음모를 꾸미는 상황인데."

"특히나 저 척추가 참 아름답지 않습니까? 저기 보십시오! 다섯 번째 목뼈에는 상처가 남아 있었습니다. 이빨 자국처럼 보이는데, 드래곤끼리 전투를 벌이다 생긴 것 같습니다."

칸타레스가 어색하게 말을 걸었지만, 황홀경에 취한 슈타들러 백작 귀에는 전혀 들리지 않는 것 같았다.

이렇듯 황궁 사람들은 모두 바쁘게 움직였다.

황성 번화가 역시 밀어닥칠 관광객을 받아들일 준비를 하기 시작했고, 전국 각지에 퍼져 있던 상단들도 서서히 몰려들어 황성은 평소보다 몇 배로 북적였다.

또 며칠 뒤, 연회에 참석할 귀빈 명단이 행사의 치안을 담당할 황실 기사단 쪽에 전달되었다.

라이오스 옆을 꾸준히 알짱거려 기어코 명단을 넘겨받

는 데 성공한 아렌트는, 곧장 제 방으로 돌아가 몇 장이나 되는 종이를 꼼꼼히 살피기 시작했다.

첫 장은 제국 내 인사들로, 대부분 아는 이름들이었다. 그리고 그다음 페이지에서 아렌트는 원하던 이름을 찾을 수 있었다.

'역시.'

르웰린 샤를 에버란.

제국과 동맹 관계에 있는 에버란 왕국의 세 번째 왕자였다.

'성검의 푸른 기사'에서는 단역에 그쳤던 데다, 사실 그리 호감 가는 놈은 아니었다.

칼리온 제국이 전쟁의 업화에 둘러싸였을 때, 동맹국들은 각자 지원군을 보내 주었다. 그때 에버란 왕국의 병력을 이끌고 온 게 바로 이 녀석이었다.

'라이오스 단장한테 깝죽거리다 털린 녀석이지.'

왕실의 적통 자제치고는 지나치게 자유분방한, 따지자면 '아렌트 폰 에크하르트'의 열화판 같은 녀석이었다.

제국에 온 뒤, 르웰린 왕자는 술이라면 무조건 환장하고, 귀빈들이 모이는 자리에서 사고를 치는 등, 아렌트 다음 대의 사고뭉치를 담당했다.

하지만 그도 얼마 가지 않았다.

놈은 전쟁터와는 맞지 않는 사람이었고, 지나치게 올곧

은 라이오스와도 뜻을 같이하지 못했다.

결국 르웰린은 라이오스와 언쟁을 벌인 뒤 결투까지 하고, 불명예스럽게 칼리온 제국을 떠나야만 했다.

그런 폐급인 녀석이지만, 그래도 지금 상황에서는 어떻게든 써먹을 수 있을 거라는 확신이 들었다.

르웰린 샤를 에버란…… 왕국의 3왕자.

그를 설명하는 이름은 또 하나 있었다.

탐험가 르웰린이라고.

도발이니 뭐니 했지만, 그건 부수적인 목적일 뿐.

드래곤은 단지 이 녀석을 낚을 미끼에 불과했다.

귀족들이 우글대는 공식 선상에 나타나는 것을 싫어하는 놈이, 굳이 건국 기념일 행사에 참석하겠다며 나선 것은, 아마 드래곤을 직접 보고 싶어 몸이 달아서일 것이다.

'어서 와라.'

버르장머리 없는 애송이니까, 특별히 귀여워해 버릇을 고쳐 줄 필요가 있었다.

그래야 무대에 올라와서도 제 역할에 맞게 움직일 수 있겠지.

아렌트의 입가에 사악한 미소가 떠올랐다.

6장. 내가 왜 너랑?

내가 왜 너랑?

'그냥 말 타고 올걸.'

흔들리는 마차 안에서 멍하니 앉아 있는 시간은 정말 최악이었다. 틈틈이 여행은 어떠시냐며 묻는 시종장도, 위험하니 멀리 가지 말라고 잔소리를 하는 호위들도 성가시기 짝이 없었다.

이렇게 될 줄 알고 있었지만, 그래도 굳이 고생을 자처한 까닭은 딱 하나였다.

'드래곤의 뼈라고?'

분명 가짜겠지. 아무리 칼리온 제국이라고 해도 이건 허풍이 심했다.

제국 측에서 밝힌 경위도 허무맹랑했다. 구울화가 된 드래곤을, 아무리 단장급이라지만 고작 부하 셋만 대동하고 물리쳤다니.

마치 옛날이야기를 그대로 옮겨 놓은 것 같지 않은가.

설마 칼리온 제국 황실씩이나 돼서 대놓고 거짓말을 하지는 않았겠지만, 분명히 과장된 내용은 있을 것이다.

크기가 좀 큰 와이번이라든가, 아니면 날개 달린 다른 몬스터를 착각한 거겠지.

직접 가서 가짜임을 밝혀 줄 작정이었다.

자신 역시 드래곤을 직접 본 적은 없지만, 드래곤과 와이번 정도는 구분할 수 있었다.

하지만, 만에 하나.

'그게 진짜 드래곤이라면…….'

저도 모르게 주먹이 꾹 쥐어졌다.

왕실의 만류에도 불구하고 온갖 지방을 여행하고 다녔는데도 드래곤의 흔적조차 발견하지 못했는데.

이러니저러니 머릿속으로 생각을 굴리고 있지만……사실 알고는 있다.

제국 사람들은 바보가 아니다. 거기에도 뛰어난 연구자들이 있을 테니, 와이번과 드래곤을 헷갈리지는 않았을 터였다.

하지만 그래도 인정하고 싶지 않았다.

인정하기 싫었다.

기사 나부랭이가 운 좋게 발견한 드래곤이라니. 전 세

계를 떠돌아다녀도 찾지 못했는데!

그런 생각들이 머릿속에 빙글빙글 돌았다. 다리가 아래위로 달달달 떨렸다.

진짜든 가짜든, 어느 쪽이든, 자신의 두 눈으로 확인해 봐야 한다는 건 달라지지 않았다. 그래서 굳이 아버지를 졸라 칼리온 제국에 사절로 간다고 한 것이다.

"젠장, 왜 이렇게 느려? 마차는 이래서 싫다니까."

초조해지는 마음에 결국 마차 창문을 벌컥 열고 애꿎은 호위 기사에게 신경질을 부렸다.

"좀 더 빨리 못 가?"

"최선을 다하겠습니다, 왕자님."

기사가 마부를 재촉하는 것까지 본 르웰린은 쯧, 혀를 차고 다시 자리에 털썩 앉았다.

마차가 더욱 속도를 내어 굴러갔다.

긴 여정의 끝에 드디어 제국의 황성에 다다르니, 과연 축제 기간이라 그런지 엄청난 인파가 몰려 있었다.

활기참이라는 단어를 고스란히 거리에 옮겨 둔 것 같았다.

르웰린이 참지 못하고 다시 고개를 빼꼼, 내밀자 호위 기사가 또 쓴소리를 했다.

"위험합니다, 왕자님. 안으로 들어가십시오."

"아, 진짜. 위험하긴 뭐가 위험하다고 그래?"

역정을 한 번 낸 후 그대로 거리를 구경했다.

아직 축제가 열리기 전이지만 정신없이 움직이며 매대를 꺼내고, 형형색색의 장식품들을 진열하는 모습에서는 벌써부터 기대감이 느껴졌다.

"왕자님."

"알았다고!"

기사가 다시금 재촉하자 결국 르웰린은 얌전히 자리에 앉을 수밖에 없었다.

오늘 오후에는 전야제, 내일부터는 본격적인 축제가 열린다. 연회까지는 아직 며칠 남았으니, 밤에 몰래 성을 빠져나와 구경하는 것도 가능할 것이다.

워낙 북적였던 탓인지 인파를 뚫고 황궁에 입성하는 데까지도 꽤 오래 걸렸다.

검문을 거치고 신분을 확인하는 절차를 걸친 뒤에야 마차에서 내려 황궁에 발을 들일 수 있었다.

"르웰린 샤를 에버란 왕자님. 칼리온 제국에 방문해 주신 것에 감사드립니다. 저는 칸타레스 알 칼리온 황태자 전하의 보좌관, 제레온이라고 합니다."

가장 먼저 그를 맞이한 것은 사람 좋은 미소를 짓는 황태자의 보좌관이었다.

"그럼 바로 황태자 전하께 안내해 드리겠습니다. 전하께서 왕자님과의 만남을 고대하고 계십니다."

"아, 혹시……."

제레온이 걸음을 옮기기 전, 르웰린이 잽싸게 그를 붙잡았다.

"혹시 드래곤의 유해라는 것을 먼저 볼 수 있겠는가? 실례인 줄은 안다만."

"왕자님!"

기겁한 시종장이 만류하고 나섰지만 르웰린은 고집을 꺾지 않았다.

잠시 고민하듯 유순한 눈을 깜빡이던 제레온이 미소 지었다.

"지금은 연구원이 조사를 진행하고 있어서, 홀 안에 들어가실 수는 없습니다."

왕자가 실망하려는 찰나, 제레온이 덧붙였다.

"대신 정원 쪽으로 난 창문으로 내부를 구경하실 수는 있습니다만, 그렇게 하시겠습니까? 어차피 황태자 전하께서도 같은 건물에서 기다리시니, 시간이 크게 지체되지도 않을 겁니다."

왕자의 무례한 요구에도 싫은 기색은 전혀 없었다. 제레온의 마음이 바뀔세라, 르웰린은 얼른 고개를 끄덕였다.

"그럼 황태자 전하께 조금 늦어진다고 말씀드려야겠군요. 저를 따라오십시오, 왕자님."

시종장이 소곤소곤 떠들어 대는 잔소리도, 칼리온 제국

황궁의 화려한 정원도 지금 당장은 눈에 들어오지 않았다.

"황태자 전하의 보좌관이라면 드래곤의 유해가 발견된 경위도 잘 알겠군. 전해진 이야기가 정녕 사실인가?"

"네에, 그렇습니다. 자세한 이야기는 연회 때 들으실 수 있으실 겁니다. 일개 보좌관인 제가 입에 올릴 수 있는 일은 아니니까요."

"그렇다면 드래곤이 구울화되어서 살아 움직였다는 것도 사실이겠지? 황실의 기사단장이 그걸 쓰러뜨린 거고."

제레온의 완곡한 거절에도 왕자는 입을 멈추지 않았다.

자칫 황태자의 발표를 믿지 못하겠다는 말이 될 수 있는 위험한 발언들의 연속이었다.

결국 시종장이 다시 끼어들려는 찰나, 제레온이 인자한 미소를 띠었다.

"네, 굉장한 기사랍니다. 멋진 분이시죠. 연회 때 소개해 드릴 수 있기를 고대합니다."

"응? 어어······."

르웰린이 저도 모르게 멍하니 고개를 끄덕였다.

어째 기분이 묘했다.

방금까지 제가 한 언사는 스스로 생각해도 아슬아슬하게 선을 넘는 발언들이었다.

하지만 어째 제레온에게는 씨알도 안 먹히는 것 같았다.

일국의 귀빈을 보는 게 아니라…… 이 정도 장난질은 간지럽지도 않다며, 자애로운 눈으로 어린 손자를 바라보는 조부모 같은 눈빛이었다.

"거의 다 왔습니다, 왕자님. 바로 저쪽입니다."

하지만 그런 심란함도 잠시, 제레온의 말에 르웰린은 곧장 눈을 반짝였다.

바로 앞에 커다란 창문이 보였던 것이다.

"저 안으로 살짝 들여다보실 수 있을 겁니다."

"와!"

찜찜함 따위는 순식간에 날아가 버렸다. 르웰린은 곧장 창문으로 달려가 발돋움까지 하며 안을 들여다보았다.

창문 대부분은 두꺼운 커튼으로 가려져 있었다.

"아, 이런. 안에서 커튼을 내렸네요. 죄송합니다. 아까 봤을 때는 이러지 않았는데."

제레온이 난색을 표했지만 르웰린은 아랑곳하지 않고는, 어떻게든 안을 보려고 애를 썼다.

겨우 보이는 것은 드래곤의 유해로 추정되는 발 일부분과 뭔가에 골몰하는 연구원 한 명뿐이었다.

발 크기만 해도 어마어마했다. 도무지 와이번이나, 다른 날짐승의 그것과는 비교하지 못할 정도였다.

발돋움까지 하며 기웃대던 왕자는 이내, 연구원이 혼자

있는 게 아니라는 걸 깨달았다. 무언가에 골몰한 연구원 곁에 또 한 사람이 모습을 드러낸 것이다.

여기까지 오면서 몇 번 마주친 황실 기사단과 같은 모양새의, 하지만 더 옅은 색의 제복을 입은 청년이었다.

르웰린은 드래곤도 잠시 잊어버리고 그에게 시선을 주었다.

'저거 은발인가?'

저렇게 새하얀 은발은 처음 봤다. 어두운 홀에서도 스스로 빛을 내는 것 같았다.

이제야 20살 정도 되었을까 싶은 잘생긴 얼굴에는 약간의 앳됨이 남아 있었다. 그럼에도 유난히 차가운 인상인 것이, 창문 너머로 훔쳐봤을 뿐인데도 분위기가 독특하다는 게 여기까지 느껴질 정도였다.

젊은 것은 마찬가지이나, 그래도 저 어린놈보다야 나이가 훨씬 많은 것 같은 연구원이 이런저런 말을 건네는데도 건성으로 듣는 것 같은 태도가 상당히 오만해 보였다.

살짝 인상을 찌푸리려는 찰나, 은발 청년이 이쪽을 돌아보았다.

"……!"

"왕자님, 왜 그러십니까?"

잘 구경하던 왕자가 휙 몸을 빼자 보좌관이 의아하다는 듯 질문을 던졌지만, 르웰린은 휙휙 대며 고개만을 내저을 뿐이었다.

"아니, 아무것도."

"아쉽지만 연회를 기다리셔야겠습니다. 그럼 이제 슬슬 다시 이동해 보실까요?"

시간을 확인한 제레온이 부드럽게 재촉해 왔다.

괜히 한 번 더 뒤를 돌아보던 르웰린은 찜찜한 얼굴로 제레온의 뒤를 따라 걸음을 옮겼다

'왠지 날 보고 웃은 것 같은데……'

기분 탓이겠지.

그는 애써 생각을 떨쳐 냈다.

* * *

황태자와의 인사는 의외로 간결하게 끝났다.

서로 통성명을 하고 간단히 예를 취하는 것으로 마무리 됐으니.

"다시 한번 제국까지 걸음 해 주어서 고맙습니다, 왕자. 황제 폐하께는 연회 당일에 인사를 드리시지요."

"저야말로 초청해 주셔서 감사합니다, 황태자 전하."

"피로하실 텐데 여독부터 푸세요. 밖에 시종이 기다리고 있을 겁니다."

이런 자리는 영 달갑지 않았다.

얼른 고개를 한 번 더 깊이 숙이고 인사한 르웰린은 재빨리 자리를 벗어났다.

그렇게 막 집무실의 문을 열자, 그는 한 사람과 정면으로 딱 마주치고 말았다.

"어?"

아까 봤던 그 은발 청년이었다.

잠깐 황태자와 대화하는 사이 홀에서 여기까지 올라온 모양이었다.

르웰린이 자신을 보며 눈을 꿈뻑이자, 청년은 자신이 길을 막고 있다고 생각한 건지 한 걸음 비켜 주었다.

"아, 실례."

그러고는 그대로 르웰린을 지나쳐 집무실에 쏙 들어가 버렸다.

탁.

다시 문이 닫히고, 밖에서 기다리던 르웰린의 시종장이 얼굴을 붉혔다.

"일개 기사가 무례하게……!"

"오래 기다리셨습니다. 왕자님을 모시게 된 시튼이라고 합니다."

하지만 그것도 잠시, 어디선가 쪼르르 달려온 시종 소년이 타이밍 좋게도 말을 끊어 버렸다.

생글생글 웃는 낯에 시종장이 차마 말을 이어 가지 못

했을 무렵, 시튼이라고 자신을 소개한 시종이 왕자 일행을 안내했다.

"숙소까지 모셔다 드리겠습니다!"

"어? 어어……."

르웰린은 이번에도 얼떨결에 고개를 끄덕일 수밖에 없었다.

* * *

"나 걱정거리가 하나 생겼다."

"뭔데요?"

"타국 귀빈들 앞에 널 내보여도 괜찮을까, 라는 생각."

칸타레스가 진지하게 하는 말에 아렌트가 아무렇지도 않게 맞받아쳤다.

"하긴, 너무 잘난 사람이 자꾸 얼쩡거려도 실례죠. 상대방의 자존감을 떨어뜨릴 수 있으니까."

"넌 얼굴 빼고 처음부터 끝까지 다 문제야, 이 자식아."

"칭찬 감사합니다."

등장하자마자 황태자의 속을 박박 긁어 놓는 젊은 견습 기사 덕에 방금까지 맴돌던 엄숙한 분위기는 저 멀리 날아가 버렸다.

"이거 백작님께서 전달을 부탁한 보고서입니다. 그나

저나 방금 나간 귀하게 큰 것 같은 분은 왕족입니까? 아, 도착한 지 얼마 안 됐다면 에버란 왕국의 삼 왕자겠네."

"너는 그걸 알고도…… 됐다. 말을 말자."

뭐라 더 쏘아붙이려던 칸타레스는 그냥 마른세수를 했다.

그 꼴을 지켜보던 제레온이 자연스럽게 설명했다.

"르웰린 샤를 에버란 왕자님이십니다. 상당히 말썽…… 자유분방한 분이라고 들었습니다만, 과연 평판 그대로이신 것 같았습니다."

아렌트와 비교하면 저 정도는 아주 귀여운 수준이지만.

그에게 익숙해진 덕분에, 이제 황궁 사람들은 어지간한 괴짜로는 눈도 하나 깜빡하지 않는 수준에 이른 것이다.

"보좌관님, 왜 그렇게 보십니까?"

"아니요, 아무것도."

아렌트의 삐딱한 물음에 제레온은 다시 상냥한 미소로 화답했다.

보좌관에게 곱지 않은 시선을 보낸 아렌트는 어깨를 으쓱하곤 화제를 돌려 버렸다.

"그리고 보니 오늘이 전야제죠?"

"네, 오늘은 아렌트 경도 오후에는 비번이라고 들었는데, 혹시 구경이라도 가십니까?"

"글쎄요, 사람이 득시글대는 장소는 별로라. 그래도……."

잠깐 뜸을 들이던 아렌트가 담백하게 덧붙였다.

"어느 한 분의 행동이 어떠냐에 따라 달라지겠지만요."

황금빛 시선이 르웰린 왕자가 빠져나간 문 쪽으로 잠깐 닿았다가 떨어졌다.

이미 시튼은 매수해 뒀다.

얼마 전 도박장 사건으로 황궁에 들어오게 된 남매, 에녹과 로지에게도 미리 협조를 부탁했으니, 조만간 입질이 올 터.

"제발 부탁이니까 건국 기념 행사가 끝날 때까지만이라도 얌전히 있어라. 다른 말은 안 할게."

"얼마 주실 건데요?"

"에라, 진짜!"

결국 황태자가 손에 집히는 대로 아무거나 붙잡아 집어 던졌다.

눈앞으로 날아오는 두꺼운 책을 간단하게 턱, 잡아챈 아렌트는 그걸 다시 책상 위에 올려 두며 진지하게 말했다.

"전하, 그거 아십니까?"

"뭐."

"화를 많이 내면 머리카락이 빨리 없어진답니다. 그렇게 되면 장래에 황태자비를 맞이하시는 데 심각한 지장이……."

"크아악!"

울화통을 터뜨리는 황태자를 뒤로하고, 아렌트는 잽싸게 집무실에서 빠져나가 버렸다.

등 뒤에서 '내 머리카락이 다 빠진다면 그건 다 너 때문이다!'라는 발악이 들려왔지만 당연히 무시했다.

'저 사람도 재밌다니까.'

평소보다 예민해진 칸타레스는 놀려 먹기 참 괜찮은 상대였다.

* * *

다른 나라의 귀빈들도 하나둘씩 도착하고, 황궁에서는 그들의 여독을 풀어 줄 작은 연회가 열렸다.

하지만 그런 것에 크게 관심이 없던 르웰린은, 한밤중에 몰래 황궁을 빠져나가는 쪽을 택했다.

여기에서야 일개 왕자 취급을 받지만, 에버란 왕궁에서는 셋째 왕자라는 위치보다 모험가라는 단어로 더 자주 불리는 그였다.

온갖 산전수전을 겪어 왔다고 자부하는 몸. 자국의 젊은 기사들도 이제는 르웰린을 이기지 못했다. 그러니 연회 준비에 정신없는 황궁에서 몰래 슬쩍 빠져나가는 것은 그리 어려운 일이 아니었다.

'누가 답답한 황궁에 멀뚱히 갇혀 있을까 보냐.'

개구멍을 통해 빠져나온 르웰린은 곧장 번화가 쪽으로 달려 나갔다.

곧 왁자지껄한 소음과 음악 소리가 아스라이 들려오더니, 뒤이어 짙은 밤하늘 아래에 화려한 야시장이 모습을 드러냈다.

"캬, 이 맛에 여행하지!"

환호성을 내지르자마자 축제 인파에 섞여들었다.

벌써 흥건하게 취한 이들은 악기 소리에 맞춰 목이 터져라 노래를 불러 댔고, 거리까지 늘어선 테이블에는 사람들이 가득했다.

술 냄새, 떠드는 소리와 더불어 어디선가 취객들이 멱살잡이를 하다 치안대에 끌려가는 소동도 벌어졌지만, 그것이야말로 축제의 흥을 돋우는 요소였다.

그렇기에 인파 사이에 섞여 든 타국의 왕자를 알아보는 사람은 아무도 없었다. 수수한 옷을 입고 이곳저곳을 쏘다니는 르웰린은 그저 흔해 빠진 관광객처럼 보일 뿐이었다.

'역시 이 몸!'

시종장 몰래 준비해 온 보람이 있었다.

이대로 어느 테이블에 슬쩍 끼어들어서 실컷 먹고 마시다 보면 아침이 올 테고, 황궁에 복귀할 때는 공식 일정

차 황궁 밖으로 나올 자국 사신단에 슬며시 끼어 들어가면 된다.

르웰린은 천막에서 파는 꼬치구이를 하나를 우물대며 본격적으로 주변을 구경하기 시작했다.

본 축제가 열리기도 전이었지만, 이미 분위기는 충분히 달아오른 것 같았다. 드래곤이고 뭐고 잠깐 잊어버린 채, 르웰린은 그냥 현장의 분위기에 녹아들었다.

아니, 녹아들려고 했다.

"……드래곤을 처치했다면서?"

"이미 죽은 상태였다고 하던데? 듣자 하니 짐승과 몬스터의 시체를 섞어 만든 괴물들이랑 같이 쏟아져 나왔다더군."

거슬리는 화제가 들려왔다.

르웰린은 반사적으로 고개를 돌렸다.

한창 술자리가 벌어지는 가운데, 모여 앉은 여행자들이 두런두런 대화를 나누고 있었다.

"생전 처음 보는 몬스터라고 하던데. 그 왜, 최근에 악신이니 뭐니 하는 걸 믿는 광신도들이 보냈다더구먼."

"만들어? 그게 가능해?"

"그러니 악신이라는 게지. 나도 장사하러 다른 영지에 갔다가 주워들은 이야긴데, 약한 사람을 살살 꼬여 내서 황실에 대적하게 만드는 아주 나쁜 놈들이라더군."

드래곤으로 시작한 이야기는 순식간에 악신 쪽으로 흘러갔다.

'악신이라고?'

그야말로 옛날이야기에나 나오는 단어였다.

르웰린의 귀가 쫑긋거렸다.

'그러고 보니 제국 내부에서 폭도가 활동을 시작했다던가.'

그러니 더욱 행동을 조심하고, 위험한 짓을 하지 말라며 귀에 딱지가 앉도록 잔소리를 들어야만 했다. 아무래도 그 폭도라는 게 악신의 추종자라는 것 같은데.

드래곤보다도 허무맹랑한 게 악신이라는 단어였다.

슬그머니 흥미가 돋아 귀를 더욱더 기울였다. 그런 탓에, 술에 취한 채 비틀비틀 다가오는 기척을 알아차리지 못했다.

퍼억!

어깨가 강하게 부딪힌 탓에 반쯤 먹은 꼬치가 바닥에 툭 떨어졌다.

눈을 동그랗게 뜨고 고개를 드니, 얼굴이 시뻘겋게 달아오른 흉악한 남자가 얼굴을 와락 구긴 채 그를 내려다보고 있었다.

"뭐야, 이 꼬맹이는."

"……꼬맹이?"

거슬리는 단어에 르웰린 역시 인상을 팍 구겼다. 그리자 거구의 남자가 성큼, 가까이 다가오며 사납게 으르렁거렸다.

"이봐, 부딪혔으면 사과를 해야지. 척 보아하니 어디 돈 많은 집 도련님 같은데……."

"다짜고짜 와서 부딪힌 건 그쪽 아닌가? 사과는 내가 아니라 그쪽이 해야지."

"말투가 묘하군. 외국인인가?"

거구의 남자가 고개를 삐딱하게 꺾었다. 분위기가 심상찮게 흘러가자 주변 사람들이 웅성대기 시작했다.

르웰린은 비틀린 미소를 지으며 더욱 도발했다.

"그렇다면?"

"아무래도 네놈 나라에서는 예의라는 걸 못 배워 먹은 모양이니, 혼쭐을 내 줘야지."

그렇게 선언한 남자는 흉악하게 손 관절을 우두둑, 꺾으며 성큼, 가까이 다가왔다.

"이봐, 그만하게! 아직 젊은이 아닌가?"

"자네 너무 취했어!"

"이거 놔 봐!"

사람들이 말리고 나섰지만, 남자는 힘으로 뿌리쳐 버렸다.

그제야 놈의 허리춤에 자리 잡은 두꺼운 칼이 눈에 들

어왔다. 그렇다고 해서 바뀌는 건 없었지만.

저런 덩치만 큰 남자 하나 때려눕히는 것쯤은 식은 죽 먹기였다.

상대가 칼자루를 움켜잡자 르웰린 역시 검을 뽑을 기세로 쥐었다.

그때, 놈의 뒤에서 웅성임이 커지더니 사람들이 기겁하며 급하게 물러나기 시작했다.

"쯧, 왜 길을 막고 난리야. 귀찮게."

신경질적인 목소리가 귓가에 파고들었다

르웰린에게 시비를 걸던 남자가 목소리가 들려오는 쪽으로 몸을 돌렸다.

"이건 또 뭐야."

돌아서고 보니, 어째서인지 방금까지만 해도 말리려던 이들이 멀찍이 떨어져 있는 게 뒤늦게 눈에 들어왔다.

그리 위협적으로 보이지는 않는 상대였다. 체구도 고만고만했고, 오히려 방금까지 드잡이하던 놈보다도 더 애새끼처럼 보이기까지 했다.

그래서 사내는 더욱 사납게 발을 쿵, 굴렀다.

"이 애새끼들이 보자 보자 하니까 진짜…… 히익!!"

"아, 씨. 술 처먹었으면 그냥 들어가서 잠이나 잘 것이지."

하지만 청년의 얼굴을 제대로 영접한 순간, 저도 모르

게 딸꾹질을 시작하고야 말았다.

 밤을 화려하게 밝히는 불빛 아래에 새하얀 머리칼이 드러나고, 다소 날이 선 눈매와 짜증이 가득한 금색 눈동자, 그리고 한 번이라도 마주쳤다면 절대 잊어버릴 수 없는 미형의 얼굴까지.

 넋이 나간 건 르웰린도 마찬가지였다.

 '아까 마주친 싸가지 없는 놈이잖아.'

 그런데 왜 다 저런 반응이지?

 방금까지 무슨 사달이라도 날까 초조해하던 이들이, 지금은 사내를 향해 애잔하다는 눈빛을 보내기 시작한 것이다.

 은발 청년이 눈썹을 치켜 올리며 삐딱하게 말했다.

 "왜. 한판 해볼래?"

 "아니지 말입니다! 실례했습니다, 형님! 살펴 가십쇼!!"

 순식간에 술이 달아난 것처럼 허리를 직각으로 꺾은 사내가 부리나케 인파 속으로 도망쳤다.

 지금 무슨 일이 벌어진 거지?

 당장 눈으로 보고도 이해할 수 없었다. 사나운 짐승 같던 놈이 당장 꼬리를 말고 튀어 버리다니.

 어안이 벙벙한 그때, 은발 청년의 일행인 듯한 사람이 나타났다.

 "뭐야. 벌써 끝났어?"

한 박자 늦게 나타난 아서가 청년, 아렌트에게 말을 걸었다.

"무슨 짓을 했길래 저렇게 튀어?"

"아무 짓도 안 했는데요."

아렌트가 어깨를 으쓱했다.

"아, 그러고 보니까…… 최근 밖에 나올 때 몇 번 시비가 붙어서요. 그때마다 뒷골목 청소를 좀 하긴 했는데, 그것 때문일지도요?"

"……황궁 밖에서 그런 짓 하지 말라고 했을 텐데."

"왜요? 어차피 나쁜 놈 두들겨 패라고 녹봉 받는 거 아니에요? 전 훌륭하게 제국민들을 보호한 거라고요."

"아니거든!"

아서가 뒷목을 잡았지만 아렌트는 듣는 척 마는 척했다.

긴 겉옷 자락에 가려 미처 보지 못했지만, 두 사람 다 제복 차림이었다. 귀빈들이 대거 방문한 시기에 혹시 모를 사태를 대비해 황궁 외부까지 순찰을 도는 모양이었다.

'아, 그게 중요한 게 아니지.'

저들이 자신의 정체를 알아차리기 전에 일단 도망쳐야 했다.

"도와주셔서 감사합니다. 그럼 저는 이만……."

"잠깐."

하지만 슬그머니 도망치려던 그는 싸늘한 목소리에 발

목이 잡힐 수밖에 없었다.

이쪽을 향한 시큰둥한 시선에는 약간의 짜증까지 녹아 있었다. 이런 상황을 만들어 자기 발목을 붙잡은 르웰린이 어지간히도 마음에 들지 않는 것 같았다.

역설적으로, 그 신경질적인 반응에 르웰린은 조금 안심할 수 있었다. 적어도 저 기사 놈이 자신을 알아보지 못했다는 뜻일 테니까.

르웰린이 뻣뻣한 미소를 지었다.

"어, 그러니까. 무슨 문제라도?"

"혹시 그런 말 모르나?"

하지만 돌아온 대답은 엉뚱한 물음이었다.

"무슨 말?"

"무서워서 피하는 게 아니라, 더러워서 피하는 거라고. 저런 주정뱅이의 시비는 곧이곧대로 받아 주면 안 된다는 뜻이야."

한심함이 그득 묻어나는 눈길이 왕자를 아래위로 살폈다.

그런 기색이 노골적으로 드러나 순간 비위가 팍 상했지만, 르웰린은 입꼬리를 억지로 당겨 미소를 만들었다.

"하하…… 제가 좀 욱하는 성격이라서요. 도와주셔서 감사합니다."

"감사는 무슨."

놈이 건성으로 고개를 까닥였다.

"내가 잘못 본 게 아니라면, 그쪽도 검을 뽑을 생각이었던 것 같은데."

"어?"

"설마 이렇게 사람이 많은 곳에서 칼부림을 할 생각이었던 건 아니지?"

"카, 칼부림이라니요. 설마요, 저는 그냥 호신용으로……."

"호신용 정도로 익힌 검이 아닌 것 같은데."

이번에 나선 것은 아서였다. 어느새 그는 르웰린의 굳은살 박힌 손을 빤히 보고 있었다.

"그 정도면 꽤 오래 수련한 것 아닌가? 아까 그 아저씨 정도는 쉽게 때려눕힐 수 있을 것 같은데."

"딱히 술에 취한 것 같지도 않고, 굳이 분란을 만들려고 하다니. 수상하지 않습니까?"

"수상하네."

자신에게 날아든 물음에 아서가 순순히 고개를 끄덕였다.

망했다.

르웰린은 억지로 입꼬리를 더욱 끌어당겼다.

"수상하다뇨. 저는 그냥 지나가다가 시비에 걸렸을 뿐인데."

"아까 잠깐 들었는데, 외국인이라고? 미안하지만 최근

제국 분위기가 뒤숭숭해서."

하지만 아렌트는 어설픈 변명에 순순히 응해 줄 생각이 없는 것 같았다.

"잠깐 같이 가 주면 좋겠군. 금방 끝날 거야."

"아니, 잠깐만!"

"신분 확인만 하고 바로 보내 줄 테니까 걱정하지 말고."

이제는 아서까지 성큼 다가서며 압박해 왔다.

기사 새끼들이 융통성 없는 건 만국 공통인가?

욕설이 목 끝까지 치고 올라왔다.

마음 같아선 자신이 누군 줄 아느냐며 한바탕 난리를 쳤겠지만, 그랬다가는 이쪽이 곤란해진다.

칼리온 제국까지 와서 문제를 일으켰다는 것이 알려지면 분명 아버지가 가만히 계시지 않을 터. 일단 지금은 조용히 넘어가는 게 상책이었다.

'그렇다고 이놈들이 쉽게 보내 줄 것 같지는 않고.'

이럴 때는 튀는 게 최고였다.

그렇게 결심하고 한 발 떼려는 순간.

"왜, 가게?"

다시 무감정한 목소리가 들려왔다.

"도망치는 거 좋지. 정복 차려입은 사람들 틈에 있어 봤자, 영양가 없는 소리만 늘어놓을 뿐이고. 그럴 바에야 여기에서 혼자 노는 편이 훨씬 재밌긴 해."

"……."

모골이 송연해졌다.

이미 앞으로 조금 튀어 나갔던 발이 저절로 원래 자리로 돌아갔다.

"그……."

"근데, 그에 따른 책임은 져야 한다는 건 당연히 알겠지? 어린애도 아니고, 어른인데."

얼빠진 목소리가 흘러나오려다 다시 가로막혔다.

눈앞에 보이고 있는 엄청 잘생긴 얼굴에는 어느새 선명한 비웃음이 드리워져 있었다.

"내 말 틀렸나?"

"……."

르웰린은 제 생각을 수정할 수밖에 없었다.

저 새끼, 다 알고도 이런 짓거리를 벌이는 게 분명하다고.

* * *

'시튼 녀석도 일을 꽤 잘한다니까.'

그간 나름대로 신경을 써 준 보람이 있었다. 시튼만이 아니라 에녹과 로지 역시 제 역할을 충분히 잘 해낸 것이다.

아렌트와 황태자가 관심을 갖고 돌본다는 소문이 퍼진 터라, 셋이 어디를 기웃대든 방해하는 사람은 아무도 없었다.

덕분에 아이들은 아렌트의 훌륭한 수족 노릇을 할 수 있었다.

세 녀석은 번갈아 가며 르웰린이 묵고 있는 외빈용 궁을 관찰해 실시간으로 보고해 왔다.

그러던 중 얼마 지나지 않아 입질이 왔다.

도착한 귀빈들의 여로를 위로한다는 명목으로 작은 연회가 열렸는데, 르웰린이 그 자리를 마다하고 쉬겠다며 방으로 들어가 버렸다는 것이다.

바로 촉이 왔다.

그래서 자진해 외부 순찰 업무를 맡아 여기까지 왔다.

아렌트는 씨익, 만족스러운 미소를 지었다.

"바란다면 지금 당장이라도 신분에 맞게 대해 줄 수 있는데 말이지."

"너, 너, 내가 누군 줄 알고……!"

"원하는 대로 해 줄까?"

창백해진 르웰린이 허튼 반항을 시도했지만, 그건 곧 무산되었다.

옆에서 의아하게 눈만 굴리는 동료 기사는 아직도 상황을 제대로 파악하지 못한 것 같았다.

설마 저 미친놈이 귀빈 자격으로 제국을 방문한 왕자에게 이딴 식으로 굴 거라고는 상상도 못 한 거겠지.

아렌트는 한 걸음 성큼 다가가서 자상하게 왕자의 어깨를 짚었다.

시끌벅적한 축제의 소음을 뒤로하고, 웃음기 어린 미성의 속삭임이 들려왔다.

"그냥 이대로 황궁까지 편하게 모셔다드릴 수도 있고요, 왕자님. 황태자 전하께서 퍽이나 반가워하시겠습니다. 그쪽 시종장님도요. 아, 그렇게 되면 그쪽 아버님도 엄청 칭찬을 하시겠네요."

"……."

"아시다시피, 저는 황실 소속 기사라, 마주치게 된 경위도 소상히 보고해야만 하는데. 어쩌실래요?"

"너……."

결국 르웰린은 위장이고 뭐고 다 때려치울 수밖에 없었다.

"너 이 새끼, 원하는 게 뭐야. 돈?"

"이런 부분에서는 말이 잘 통해서 좋네요."

사납게 으르렁거리는 왕자를 보며 피식 웃음을 터뜨린 아렌트가 자세를 바로 했다.

"이렇게 된 거, 담소나 잠깐 나누시죠. 자리를 좀 옮겨 볼까요?"

내가 왜 너랑? 〈275〉

"뭐야? 무슨 일인데?"

여전히 상황 파악을 못 한 아서가 황당하게 두 사람을 번갈아 바라보았다. 하지만 아렌트는 손안에 넣은 물고기, 아니, 왕자를 의미심장하게 바라보며 섬뜩한 웃음을 흘릴 뿐이었다.

그리고 잠시 후.

모든 사실을 알게 된 아서는 창백한 얼굴이 되어 위장을 감싸 쥐었다.

"그러니까, …… 에버란 왕국의 왕자님……."

"고작 견습 기사 따위한테 들켜서, 내가……."

안색이 안 좋기는 맞은편에 앉은 르웰린 왕자 역시 마찬가지였다. 이 모든 사태의 주범인 아렌트는 태연하게 주문한 술을 홀짝일 뿐이었지만.

"이, 이거 왕족 납치 아니야? 거기다가 협박에…… 여튼 이거 능멸죄라고. 알아, 너?"

"괜찮아요. 지금 몸을 사려야 할 쪽은 저분이니까."

깔끔하게 대답한 아렌트는 다시 르웰린 쪽으로 시선을 주었다.

이곳저곳 유랑해 다닌 것은 사실인지, 시끌벅적한 곳에 섞여 있어도 그다지 위화감이 느껴지지 않았다.

곱슬곱슬한, 마치 밀밭이 떠오르는 금발과 준수한 얼굴에서는 귀티가 흐르긴 했지만, 그렇다고 해서 지배자의 핏줄을 이은 사람 특유의 권위적인 태도는 거의 보이지 않았다.

사람들 위에 서는 것보다, 자유분방한 막내 역할이 더 잘 어울리는 몸짓과 말투에서 왕자의 소탈한 성격이 고스란히 드러났다.

조금은 지저분한 테이블 위에 쿵, 머리를 박으며 르웰린이 투덜거렸다.

"제엔장, 그 주정뱅이 녀석 가만두지 않겠어."

"왜 남 탓을 하시는지? 몰래 궁에서 빠져나와 소란을 피운 게 어느 쪽인데요. 일국의 왕자님이 칼리온 제국까지 오셔서 민간인 상대로 검을 뽑으려고 하셨다는 게 알려지면 퍽 재밌는 상황이 생길 것 같은데요."

"나도 아니까 닥쳐!"

짜증스레 쏘아붙인 르웰린이 턱을 괴고 투덜거렸다.

"진짜 미친놈이네 이거…… 황태자 전하께서는 네가 귀빈을 겁박한다는 걸 알고 계시나?"

"귀빈을 겁박하는 건 모르시겠지만, 미친놈이라는 건 충분히 잘 아시니 아마 새삼 놀라지도 않으실걸요."

"자랑이다, 빌어먹을 놈아."

곁에서 머리를 감싸 쥔 아서가 앓는 소리를 냈.

어깨를 으쓱한 아렌트는 느긋하게 팔짱을 끼고 왕자를 마주 보았다.

"드래곤 때문에 오셨죠? 황궁에 도착하자마자 드래곤을 보러 오셨던 걸 보면."

"뭐야. 알고 있었어?"

"그 정도 기척도 못 알아차리면 이 일 못 해 먹습니다. 어쨌든 왕자님."

"그냥 이름으로 불러. 누가 들으면 어쩌려고."

"좋아요, 르웰린 님."

그렇게 말하는 아렌트는 누구보다도 흡족해 보였다.

한숨을 푹, 내쉰 르웰린은 제 앞에 놓인 술잔을 잡았다.

"너, 나한테 일부러 이러는 거지? 아까도 물었지만, 진짜 원하는 게 뭐야?"

"우연히도 르웰린 님이랑 저랑 관심사가 비슷한 것 같아서요."

"관심사?"

묘한 말에 르웰린이 말꼬리를 올렸다.

"르웰린 님은 대륙 이곳저곳을 탐험하신다고 들었습니다. 특히 인간 외 종족에 관심이 많으시다고요."

"뭐어…… 그렇긴 한데."

의외로 흘러나온 멀쩡한 말에 르웰린이 의심의 눈초리를 보내면서도 고개를 끄덕였다.

"평소에도 왕궁에 머무는 것보다 이곳저곳 유랑하며 새로운 곳을 개척하는 것을 좋아하신다고요."

"그렇지."

철부지처럼 보여도, 사실은 대단한 거였다.

인간 귀족 사회에서는 사고뭉치로 통하지만, 특유의 자유분방함과 순수함이 이종족들에게는 호감 요소로 다가가는 모양이었다.

덕분에 르웰린은 몸소 이종족의 나라를 찾아다니며 교역의 물꼬를 트는 것으로 에버란 왕국에 큰 기여를 했다.

밖에 풀어 뒀다 하면 바로 사고를 치는 놈인데도 에버란 왕국 내에서 제법 큰 입지를 차지할 수 있었던 건 바로 그런 까닭이 있어서였다.

"그러면 드래곤도 잘 아십니까?"

"이거저거 들은 바는 있지. 환장해서 찾아다닌 적도 여러 번이고. 하지만 꼬리는커녕 그림자도 못 봤다고."

술을 한 모금 크게 들이켠 르웰린이 투덜거렸다.

"쳇. 그래서 유골이 발견됐다는 소리에 칼리온 제국까지 달려온 건데, 설마 이따위 취급을 당할 줄은."

"좋은 게 좋은 거 아니겠습니까. 어쨌든, 유골을 봐서 뭐 하실 건데요?"

"뼈를 보고 알 수 있는 게 얼마나 많은지 알아?"

르웰린이 입을 비죽였다.

"크기는 얼마만 한지, 사는 곳은 어떤 곳이었는지 등등, 알아낼 수 있는 게 셀 수 없이 많다고! 그걸 토대로,

어쩌면 현존하는 드래곤을 찾을 가능성도 있지."

"그러면 르웰린 님은 유해를 보고 알아낸 정보를 토대로, 드래곤이 사는 곳을 찾아내는 게 목적이십니까?"

"그래, 일단은."

불퉁하게 대꾸한 르웰린은 술 한 잔을 통째로 비워 버렸다.

"캬, 시원하다. 내가 얼마나 억울한지 알기나 해? 그동안 싸돌아다닌 게 얼만데 엉뚱한 곳에서 튀어나오기나 하고…… 게다가 뭐, 구울?"

"엉뚱한 곳에서 튀어나온 게 아니라, 르웰린 님이 그간 엉뚱한 곳만 짚어 냈던 게 아닙니까?"

"……."

한 치의 기다림도 없이 돌아온 정직한 내려치기에 왕자가 뻣뻣하게 굳었다.

아렌트가 쯧쯧 혀를 찼다.

"그렇게 분하고 원통해서 황궁에 들어오자마자 제레온 보좌관님께 행패를 부리신 거겠네요."

"……."

"전야제도, 구경하고 싶다고 말씀하셨더라면 호위를 마련해 드렸을 텐데. 르웰린 님이 유랑을 즐겨 하신다는 건 저희 측도 잘 아니, 편의를 봐 드리는 것도 어렵지 않았을 겁니다."

조목조목 다 맞는 말에 르웰린의 고개가 점점 더 아래로 수그러들었다.

"그런데 굳이 이렇게 분란을 만드는 방식을 선택하셨다는 건 뭐, 제국에 시비라도 걸고 싶으셨던 건지?"

"아니, 그게……."

"아니면 에버란 왕실과 완전히 연이라도 끊고 싶으셨어요? 하긴, 신분 때문에 마음껏 놀지도 못하고, 어디 갈 때마다 귀에 피딱지가 앉도록 잔소리를 들어야 하는데."

"……."

"이참에 제국에서 사고 하나 거하게 치고 절연당하는 것도 르웰린 님 입장에서는 나쁘지 않은 일이겠어요."

거기까지 말한 아렌트가 슬쩍 입꼬리를 비틀었다.

"아, 사고는 이미 치셨나? 하지만 연을 끊기에는 아직 좀 약한 것 같은데요. 역시 아까 그 주정뱅이 놈을 베어 버리시고 추적하는 황실 기사단과 칼부림까지는 하셨어야 하는 건데."

"……."

오늘따라 놈의 주둥이가 더욱 빛을 발한다고 생각하며, 아서는 시선을 슬쩍 피했다.

르웰린의 얼굴은 이제 완전히 새파랗게 질려 있었다. 드디어 이 견습 기사가 상상 이상의 미친놈이며, 자신이 독 안에 든 쥐 꼴이라는 사실을 제대로 자각한 것이다.

이대로 이놈이 복귀해 입을 나불댄다면 절연까지는 아니더라도 문자 그대로 귀에서 피가 나도록 잔소리를 듣는 건 물론이거니와, 한동안 궁에 연금당해 외유는커녕 단순한 외출조차 금지당할지도 모른다.

 자유로운 성정을 가진 르웰린에게 그보다 더 큰 시련은 없었다.

 "아, 가족이랑 연 끊는 건 제가 전문입니다. 혹시 도움 필요하시면……."

 "뭐, 뭘 원하는데?"

 다급해진 르웰린이 말을 끊었다.

 "돈이 필요해? 아니면 뭐, 드래곤? 뭐라도 알아다 달라는 소리야?"

 "이야, 보기보다 이해력이 빠르시네요."

 눈을 동그랗게 뜬 말간 낯짝이 한 대 후려치고 싶을 정도로 얄미웠다.

 아렌트는 몸을 숙이고 손가락을 까닥였다.

 일개 기사가 왕자에게 할 만한 행동은 아니었지만 어차피 상식이 통하지 않는 상대, 르웰린은 모든 것을 다 포기하고 고개를 숙였다.

 "단서를 드리면, 물어다 주실 수 있겠습니까?"

 "뭘 물어야 하는데?"

 "어차피 들개처럼 사는 인생을 좀 더 좋아하시잖습니

까. 이왕 그렇게 사시는 거, 좀 더 재밌는 보물찾기를 해 보자는 말이죠."

제법 솔깃한 제안이었다.

"그러니까…… 네가 내 모험을 후원할 테니, 거기서 얻어 낸 걸 공유해 달라고?"

"넵, 바로 그겁니다."

하지만 아직 한 가지 문제가 남아 있었다.

"……내가 왜 너랑?"

황태자도 아니고.

놈이 뭘 원하는지, 그리고 왜 그걸 원하는지도 대충 짐작할 수 있었다. 하지만 적어도 르웰린이 아는 이상, 아렌트는 이런 제안을 자신에게 꺼낼 수 있는 위치가 아니었다.

하지만 견습 기사 본인은 전혀 개의치 않았다.

"지금 제국에서 재미있는 사실을 제일 많이 아는 사람이 저거든요."

"……?"

"그리고 정보를 쥔 사람들 중에서, 제일 자유롭게 움직일 수 있는 사람도 접니다."

황태자 신분으로 일국의 왕자에게 사사로운 의뢰를 할수는 없었다. 자칫하다간 국가 간의 분쟁으로 번질 수도 있는 탓이었다.

아렌트가 뻔뻔하게 웃었다.

"그러니까 이건 르웰린 님과 저 사이의 거래죠. 칼리온 제국과는 아무 상관없는."

"그럼 뭐, 내가 얻어 낸 건 개인적으로 쓰겠다고?"

"아뇨, 다시 황태자 전하께 되팔 겁니다. 아주 비싸게요. 그래야 수지 타산이 맞지."

"이런 미친······."

한참 동안 입을 뻥긋대던 르웰린이 간신히 한마디를 꺼냈다.

"······너, 기사 맞지?"

"맞습니다."

어딘가의 황태자가 위장을 부여잡거나 머리가 빠질 미래가 보였지만, 그건 알 바 아니고.

"그리고 한 가지 오해가 있으신 것 같은데, 르웰린 님께서는 지금 선택지가 없으실 텐데요."

"······."

"제가 그냥 삥 뜯겠다고 한 것도 아니고, 값까지 잘 쳐 드리겠다고 말씀드렸잖습니까. 여기서 더 추가될 게 있으신지?"

다시금 현실을 자각했는지 테이블 위에 올라간 르웰린의 주먹이 부들부들 떨렸다.

"싫으시다면, 이대로 모시고 황궁 정문으로 입성하겠

습니다. 제법 몸도 쓰시는 듯하지만…… 르웰린 님 정도면 이미 짐작하셨을 텐데요?"

아렌트는 찬찬히 르웰린을 아래위로 훑어보았다.

그 시선의 뜻은 간단했다.

어차피 덤벼 봤자 못 이길 테니, 알아서 처신 잘해라.

이 자리에서 도망치려고 한 발짝이라도 떼는 순간, 아렌트는 곧장 왕자의 뒷덜미를 낚아채 황궁 정문까지 질질 끌고 갈 능력이 있었다.

옆의 아서는 두말할 것도 없고.

결국 르웰린에게 거부권이란 없었다.

쿵.

결국 체통이고 뭐고, 왕자는 머리를 처박았다.

"개새끼……."

계약 성립이었다.

* * *

속이 박박 긁히긴 했지만, 결과적으로 르웰린은 제 선택이 틀리지 않았다는 걸 깨달았다.

"오…… 오오……! 우오오오!"

어린애처럼 눈을 번쩍이는 르웰린을 보며, 슈타들러 백작은 어색한 미소를 지었다. 그의 옆에 선 아렌트는 늘 그렇듯 시큰둥한 눈으로 드래곤을 올려다볼 뿐이었지만.

"저기, 아렌트 경. 이게 무슨……."

"르웰린 왕자님께서 관심이 지대하시다기에 모시고 왔습니다."

"예에……."

슈타들러 백작은 이리저리 뛰어다니는 르웰린을 걱정스레 바라보았다. 저러다가 넘어지지 않을지 염려되는 모양이었다.

전날 저녁, 아렌트에게 실컷 시달린 뒤 너덜너덜해져 황궁으로 돌아온 르웰린은 뜻밖의 선물을 받았다.

연회가 시작되면 자세히 관찰할 기회가 많지 않을 테니, 사람이 없는 틈을 타 드래곤 뼈를 보러 가지 않겠냐며 먼저 제안한 것이다.

팔짱을 낀 채 왕자를 물끄러미 바라보던 아렌트가 삐딱하게 물었다.

"그래서, 가짜로 보입니까?"

"아니, 아냐! 절대로, 그럴 리가!"

우당탕 달려온 르웰린이 아렌트의 어깨를 덥석 잡고 마구 흔들기 시작했다.

"어디서 발견한 거야? 구울은 어떤 식으로 움직였지? 위치는? 상황은? 현장에 같이 있었다면서!"

"정신 사납게."

그의 손을 탁, 쳐 낸 아렌트가 질색하며 뒤로 물러섰다.

하지만 르웰린은 전혀 아랑곳하지 않았다.

"이건 정말 대발견이라고. 이토록 완벽한 상태의 드래곤이라니. 저기 목뼈를 봐. 아주 오래전에 전투를 치른 상흔이 남아 있잖아!"

"알아보셨습니까, 왕자님?"

그때, 조용히 있던 슈타들러 백작이 갑자기 생기를 띠었다.

르웰린이 격하게 고개를 끄덕였다.

"예! 알아보고 말고요! 드래곤의 뼈에 이빨 자국을 남길 수 있는 건 드래곤뿐이지요! 이야, 무슨 일이 있었던 걸까요?"

"왕자님께서는 안목이 있으시군요!"

순식간에 의기투합한 두 사람은 드래곤의 뼈가 얼마나 아름다운지 서로 침을 튀기며 떠들어 대기 시작했다.

백작이 혼자 있는 홀에 굳이 르웰린을 데리고 온 목적 중 하나는 이거였다.

나중에 같이 일하게 될 테니 슈타들러 백작과 르웰린은 미리 안면을 터 두는 게 좋았다. 비슷한 방향으로 미친 두 사람이라면 분명히 말이 잘 통할 거라고 예상하기도 했고.

"주접은 그만 떠시고, 아까 하던 이야기나 마저 하시죠."

짝, 박수 한 번을 치는 것으로 아넨트가 분위기를 환기했다.

퍼뜩 정신을 차린 르웰린이 다시 이쪽을 돌아보았다.

"아, 그래. 협력. 그 이야기를 했지. 드래곤이 진짜라는 걸 확인한 이상, 더 토를 달 생각은 없어. 하지만……."

"하지만?"

"이래 보여도 난 에버란 왕국의 왕자란 말이지. 왕위는 전혀 이을 생각이 없지만, 그래도 가족을 등지고 싶지 않아. 그러니까 정보를 네게만 독점적으로 줄 수 있단 말은 못 하겠어."

"저도 그렇게까지는 바라지 않습니다. 하지만 우선권 정도는 필요해요. 단서를 주는 건 제가 될 테니까."

단서.

그 말에 르웰린이 살짝 눈썹을 치켜 올렸다.

"그래, 난 그게 궁금해. 네가 뭔데 내게 단서를 줄 수 있다는 거지? 성격이 아무리 괴팍하대도 결국 일개 견습 기사일 뿐이잖아."

물론 그게 다가 아니라는 건 이제 안다. 하지만 그럼에도 꼭 물어야 했다.

혹여 왕국에 해가 될지도 모를 일이니까.

"왕자님, 혹시 노이만 상단을 아십니까?"

뜬금없이 날아든 물음에 르웰린이 고개를 갸웃했다.

"알지. 제국 내에서 급성장한 상단이잖아. 얼마 전엔 우리 왕국과도 교역하기 시작했는데."

"그렇다면 최근 노이만 상단이 시작한 정보상 사업도 아십니까?"

"그것도 들었어. 왕국 내에 지부를 만든다더군."

노이만은 최근 전투적으로 자신의 세를 불려 가고 있었다. 불굴의 이스트 상단 역시 그 기세에는 주춤할 지경이었다.

"제가 그 정보 사업에 제법 큰 지분을 가지고 있어서요."

"엥?"

"연회 때 확인해 보셔도 좋습니다. 아마 상단주님이 직접 참석하실 테니까요. 결론만 이야기하자면, 노이만 상단이 손에 넣는 정보는 다 제 귀에도 들어올 수 있다는 말입니다."

갑자기 튀어나온 엄청난 이야기에 르웰린은 입을 쩍, 벌렸다.

"단서를 제공해 드릴 수 있다는 말에도 신용이 생겼을까요?"

"……아니, 잠깐만. 너 뭐야?"

"상단의 정보망에서 나온 것들 중 도움이 될 만한 걸 추려서 왕자님께 드릴 겁니다. 왕자님은 그걸 검증할 능력이 있으시니까. 왕자님도 키우는 강아지들이 있다고 압니다만."

"……."

이번에야말로 르웰린은 넋이 나가고 말았다.

놈이 말하는 '강아지들'이란, 르웰린이 비밀리에 운영하는 탐험가 연합을 말했다.

입을 몇 번 달싹이던 왕자가 빽, 소리쳤다.

"너, 너 진짜 뭐야? 어떻게 알았어? 그거 연합장이 나라는 건 아무도 모를 텐데?"

"거, 영원한 비밀이 어디 있습니까. 순진하시긴."

"허……."

귀를 후비적대며 건성으로 말하는 놈의 태도에 탄식을 흘릴 수밖에 없었다.

자국의 지원을 받으며 이곳저곳을 탐험하고 외교적 도움을 주고 있지만, 왕자의 신분으로 누릴 수 있는 자유에는 한계가 있었다.

그래서 르웰린 왕자는 자신이 개인적으로 움직일 수 있는 세력도 마련할 겸, 모험가 연합을 꾸렸다.

아주 비밀리에.

왕실이 알면 뒷목을 잡을 테니까.

그런데 그걸, 제국의 윗선도 아니고 타국의 일개 견습 기사에게…….

충격에 빠져 허우적대는 타국의 왕자를 한심하게 지켜

보던 아렌트가 어깨를 으쓱였다.

"그거 아는 사람은 아직 저밖에 없으니 안심하십쇼."

"뭐야. 그것도 노이만 상단을 통해 알아낸 거야?"

"아닙니다. 어쨌든, 중요한 건 그게 아니고."

당신이 조연으로 나온 소설에서 읽었다고는 할 수 없으니.

"저는 꽤 괜찮은 연결 고리라고 생각하는데요. 왕자님께도 딱히 손해는 아닐 테고."

"……"

"왕자님께서 알아다 주신 걸 어디 써먹을지는 제 마음입니다만, 그쪽 왕국에 해가 될 일은 없을 겁니다. 물론 연합도 비밀로 지켜 드릴 거고."

어차피 악신교와의 싸움이 커지면 에버란 왕국과도 힘을 합쳐야 한다. 아렌트가 하는 작업은 그 시기를 조금 앞당기는 것뿐이었다.

르웰린은 지금까지와는 달리 조금 가라앉은 눈으로 아렌트를 가만히 보았다.

그가 말한 대로 나쁘지 않은…… 아니, 어떻게 보면 완벽한 연계였다.

노이만 상단의 정보를 르웰린의 연합이 검증해 내고, 마지막으로 이 자리에 있는 슈타들러 백작이 파고들면 분명 양질의 결과가 나올 것이다.

딱 하나 있는 문제라면…… 그 사이의 연결 고리 역할을 저 한낱 견습 기사가 한다는 거였다.
"네가 말한 대로 괜찮은 이야기야. 나로서도 거절할 이유는 없어. 하지만 한 가지 걸리는 게 있는데."
"뭡니까?"
"네가 주절거린 말이 모두 다 사실이라면."
거기에서 르웰린은 잠깐 말을 끊었다.
"너무 거물이잖아, 너."
저놈의 선배임에 분명한 아서도, 드래곤 연구를 전담할 만큼 촉망받는 연구자인 듯한 슈타들러 백작도 지나치게 고분고분했다.
"여기까지 성장하는 데 아무도 저지하지 않았다고? 벌써 몇 번은 죽었어야 하는 거 아냐?"
별것 아닌 사람이 지나친 힘을 쥐게 되면 그건 분명히 독이다.
게다가 지금껏 봐 온 저 녀석의 성격상, 적을 만들었으면 만들었지 제 편을 늘릴 것처럼은 보이지 않았다.
"이런 짓거리를 하는데 왜 다들 가만히 내버려 둬?"
"……다들 그렇게 속 편히 내버려 두는 것은 아닐 겁니다, 왕자님. 다만 아무도 건들지 못하는 것뿐이지요."
조용히 있던 슈타들러 백작이 작게 운을 뗐다.
"게다가 아렌트 경과 척을 지는 것은, 제국의 유일한 후계자이신 황태자 전하께도 등을 돌리겠다는 의미니까요."

르웰린은 조금 아득해져 아렌트를 바라보았다.

잔잔한 호수처럼, 일체의 미동도 없는 황금색 눈동자를 마주하자니 어쩐지 섬뜩한 기분이 들었다.

'이거……'

생각보다도 엄청난 놈이었다.

얼어 있던 입꼬리 끝이 올라가며 미소를 만들어 냈다.

그리고 잠시 후, 르웰린이 웃음을 터뜨렸다.

"푸하하하! 좋아, 너무 좋은데? 이건 내가 무릎 꿇고 빌어야 할 판이잖아. 같이 일하게 해 달라고."

"그것도 꽤 재밌겠네요. 한번 해 보세요. 그리고 한 가지 놓치셨습니다."

팔짱을 낀 아렌트가 빼딱하게 덧붙였다.

"제가 잘난 것도 사실이지만, 다른 사람들이 지나치게 무능한 겁니다."

일국의 왕자 앞에서 아무렇지도 않게 그런 말을 하는 꼴이 건방지고 오만하기 그지없었다.

저런 말이 이렇게까지 잘 어울리는 놈은 아마 이 땅에 아렌트 폰 에크하르트, 딱 한 명뿐일 터였다.

르웰린의 웃음소리가 더욱 요란해졌다.

아예 배를 부여잡고 바닥을 구를 기세로 한참 동안 깔깔대는 그를, 아렌트는 귀찮다는 표정을 지으면서도 그냥 내버려 두었다.

슈타들러 백작은 그저 어색하게 미소 지을 뿐이었다.

한참 만에 겨우 진정한 르웰린이 눈초리에 매달린 눈물을 닦아 내며 아렌트의 등을 팡, 쳤다.

"야, 너 진짜 너무 좋다. 내 친구 안 할래?"

"예?"

그 말에 반응한 건 슈타들러 백작이었다. 타국의 왕자와 친구가 된다는 건 엄청난 일이었으니까.

하지만 아렌트는 딱 잘라 거절했다.

"거리 좁히지 마시죠. 싫습니다."

이미 황태자도 손가락 끝으로 부려 먹는 마당에, 딱히 새삼스러울 것도 없는 탓이었다.

* * *

칸타레스의 집무실에 아무런 통보도 없이 쳐들어오는 손님은 많지 않았다.

감히 황태자의 개인 시간을 방해할 만큼 간 큰 사람은 잘 없을뿐더러, 이따금 있다고 하더라도 제레온이 저지하는 탓이었다.

하지만 제국 사람이라면 황실에 가지고 있을 경외심도 없고, 심지어는 제레온조차 막을 수 없는 놈이 딱 한 명 있었다.

'이쯤이면 자연재해라고 해도 되지 않을까.'

저 망할 견습 기사 새끼.

쳐들어오는 것도 문제지만, 그 뒤에 늘어놓은 말이 더 가관이었다.

왕자가 밤에 몰래 빠져나가 시비가 걸렸던 일은 이제 사소한 사건에 지나지 않았다.

해맑게 웃는 르웰린과 그 옆에 선 아렌트를 번갈아 바라보며, 칸타레스는 뭐라 형언할 수 없는 기분을 느껴야만 했다.

"잘 부탁드립니다, 전하!"

특히 처음 인사하러 왔을 때와는 비교도 할 수 없을 만큼 표정이 밝은 왕자를 보고 있자니, 자꾸만 심란해지는 건 어쩔 수가 없었다.

치미는 편두통을 가라앉힐 겸 관자놀이를 꾹꾹 누르며, 황태자가 물었다.

"왕자. 혹시 저 자식한테 협박, 갈취…… 뭐 이런 건 안 당했습니까?"

"당했습니다! 하하! 탈탈 털려서 화도 안 날 지경입니다."

밝게 돌아온 대답에 칸타레스는 결국, 이마를 짚고 말았다.

"아서 경은, 같이 있었다면서. 안 말렸나?"
"전하랑 비슷한 표정으로 명치를 감싸 쥐긴 하던데요."
놈의 뻔뻔한 대답 덕분에 명치에 천불이 나는 것 같았다. 뒤에서 제레온이 안쓰럽다는 듯 바라봐 오는 시선조차도 이제는 신물이 날 지경이다.

차라리 모르는 편이 나을 것 같은데, 이 자식은 예전부터 꼭 일을 쳐 놓고 꼬박꼬박 보고해 왔다.

그 까닭은…….

"여차할 때 뒷수습해 달라, 이거지?"
"정답."
씨익 웃는 꼴이 한 대 쥐어박고 싶을 정도로 얄미웠다.
하지만 좋은 이야기임은 분명했다.
그래서 더 열받았다.

아예 터무니없는 주장이라면 어떻게든 꼬투리를 잡을 수 있었을 텐데.

"일단은 전하, 미리 선은 그어 놓겠습니다. 이건 탐험가 르웰린과 견습 기사 아렌트 경 사이만의 거래고, 아렌트 경께 넘긴 조사 결과가 어떻게 쓰이든 상관하지 않겠습니다."

르웰린이 잽싸게 나서서 분위기를 환기했다.

"하지만 황태자 전하께서는 칼리온 제국의 후계이시니, 겸사겸사 얻어 가시는 것 역시 있으실 테지요. 그래서 저 역시 에버란 왕국의 왕자로서 한 가지 청을 드리고자 합니다."

"말하세요."

"황태자 전하께서 에버란 왕국을 기억해 주셨으면 합니다. 아직 제국의 황제 폐하께서 건재하심을 압니다. 하지만 황태자 전하와 저는 다음 세대를 이어 가야 하니, 그에 미리 대비하지 않으면 안 됩니다."

유창하게 말을 쏟아 내며, 왕자는 기분 좋게 미소 지었다.

"이미 제국과 왕국은 좋은 관계입니다만, 언젠가 때가 되면 에버란 왕국을 한 번 더 생각해 주시면 좋겠습니다."

목적을 숨기지 않고 말을 이어 가는 모습에서 사심 한 점 보이지 않는 순수한 열정이 느껴졌다.

묘한 눈으로 그를 바라보던 칸타레스 역시 마주 보며 웃을 수밖에 없었다.

"……이종족들과의 교역로를 손수 열었다고 들었습니다만, 과연 그러실 만한 인재군요. 좋습니다. 그렇게 하겠습니다."

칸타레스가 뻗은 손을, 르웰린이 굳게 마주 잡았다.

7장. 신은 공평하다

신은 공평하다

 괴짜들간의 은밀한 거래가 성립되고, 드디어 찾아온 건국 기념일 당일.

 제국의 푸른 하늘 아래에 울려 퍼진 금관 악기의 맑은 소리가 축제의 시작을 알렸다.

 꽃가루가 찬란히 흩날리고, 드디어 건국 기념일의 꽃이라 불리는 황실 기사단과 근위병들의 행진이 시작되었다.

 평소보다 화려한 예장을 차려입고 도열한 기사들을 기사단장들이 이끌었고, 선두에는 제국의 후계자 칸타레스가 위풍당당하게 말을 몰았다.

 행렬의 끝에 구경꾼들이 합류하며 행진 대열은 더욱더 커졌다.

사람들은 환호했고, 칸타레스는 미소 지으며 그에 화답했다.

드디어 황궁 성문을 통과한 행렬이 황궁 대연무장에서 도열하자, 특별히 마련된 상석의 발코니에서 드디어 칼리온 제국의 주인, 신성 제국의 황제가 모습을 드러냈다.

"황제 폐하를 뵙습니다!"

기사들과 귀족들의 우렁찬 외침이 황궁을 가득 채웠다.

황제는 부드러운 미소를 지으며 그에 화답해 고개를 천천히 끄덕여 주었다.

3기사단 행렬 가장 뒤에 있던 아렌트는 예를 표할 때 눈에 들어온 황제의 인상을 되새겼다.

유난히도 맑은 날씨 아래, 군주의 권위를 상징하는 의복과 지팡이가 햇살을 받아 반짝였다.

하늘 높이 뜬 태양을 등지고 선 탓에 황제의 얼굴은 제대로 보이지 않았다. 다만 약간 굽은 자세에서 그의 연로함을 짐작할 뿐이었다.

'루미엘 신관과 비슷한 연배라고 들었는데.'

멀찍이 보이는 실루엣은 그녀보다도 더 나이 들어 보였다.

소설에서는 평화로운 시대 속, 존재감 없는 황제라지만······.

'나름의 고충도 심했겠지.'

가장 정점에 있으면서 자신의 존재감을 지운다는 건 그런 의미니까.

'이런 이야기 속의 군주는 으레 무능하게 묘사되지만서도.'

다툼을 중재하고, 소리 없이 문제를 해결하며, 그러면서도 자신을 앞으로 드러내지 않아야 '평화로운 시대의 존재감 없는 군주'라 불릴 자격이 있었다.

자신에게는 극이지만, 이들에게는 현실이니까.

황제에게도 또 다른 이야기가 있을 것이다.

그런 생각을 하면서 진부한 훈화를 대충 흘려듣고 있자니 옆에서 아서가 옆구리를 푹, 찔렀다.

집중하라는 뜻이었다.

지루한 시간이 잠깐 더 이어지고, 관용어 같은 축복으로 이야기가 마무리되었다. 그리고 진짜 마지막으로, 대신관이 이끄는 신관들의 행렬이 황태자 앞에 일렬로 섰다.

루미엘 신관은 테오도르 대신관을 수행하며 그의 곁을 굳건히 지켰다.

머리가 하얗게 센 테오도르 대신관이 가슴 앞에 양손을 모으고 고개를 숙이자, 새하얀 로브를 쓴 신관들이 기도문을 읊기 시작했다.

"……루체 님이 빛의 축복으로 이 땅을 밝음으로 인도

하셨고……."

 신, 신이라.

 신은 무엇인가.

 철학서에서나 나올 법한 물음이 자꾸만 머릿속 한구석에서 튀어나왔다.

 원래 세상에서야 어떠하든, 적어도 이쪽에서는 추상적인 개념은 아니었다. 기도하는 신관들에게 새하얀 빛이 깃드는 것만 봐도 그런데…….

 일단 신이 무엇인지는 차치하고, 칼리온 제국 신관들이 발하는 신성력이 유달리 정순하다며 전 세계에 명성이 자자하단다.

 신성 제국을 자처해서 그런 건지, 아니면 영웅 칸이 지켜 낸 인간들이라 말 그대로 루체 신이 더욱 잘 돌보아 주는 건지…….

 신성력도 타국 신관들보다 강하고, 신성력을 다루는 능력도 뛰어나고.

 거기다 그들을 이끄는 테오도르 대신관의 신성력은 그중 독보적으로 뛰어나 타의 추종을 불허한다는 평.

 신관들이 내보이는 새하얀 신성력에 모두가 감탄하는 중, 아렌트만은 홀로 시큰둥하니 테오도르 대신관을 지켜볼 뿐이었다.

 신성력은 순수한 신앙의 상징이었다.

진심으로 신을 따르는 사람에게만 깃드는 힘.

'저 영감도 만만찮은 사람이지.'

체르니온의 모습이 루체와 닮았다는 걸 안 뒤, 관련된 정보를 죄다 차단해 버린 장본인이었다.

대신관 뒤쪽에 보이는, 푸른 하늘 아래에 흰 암석으로 조각된 루체의 신상 쪽으로 시선을 던졌다.

검을 쥐고 자애롭게 제 백성들을 굽어보는 루체 신은 그저 미소 지을 뿐, 아무런 말도 하지 않았다.

신은…… 그래, 뭐. 이 세상을 자애롭게 굽어보는 절대자일 수도 있겠지.

적어도 이 무대 위에서는 말이다.

'나한테는 해당 사항 없지만.'

빛의 신이든, 어둠의 신이든.

배우에게 입 다문 석상은 그저 소품일 뿐이다.

* * *

행사가 끝난 뒤, 황궁에서는 호화로운 연회가 열렸다. 아름다운 음악이 흐르고, 최고급 술과 요리들이 준비되고, 동시에 드래곤 홀이 개방되었다.

"허……."

드래곤의 위용에 모든 사람들이 감탄을 금치 못했다.

노이만 싱단주의 심미안이 발휘된 장식품들 역시 분위기를 띄우는 데에 한몫했다.

드래곤이 전시된 홀의 벽면에는 옛 용사 이야기가 재현된 태피스트리가 걸렸고, 드래곤 형태의 황금 조각상이며 촛대가 홀을 화려하게 장식했다.

그리고 드래곤을 베어 낸 위대한 기사…… 라이오스 드 윈프리드는 사람들에게 둘러싸여 있었다.

"저런 것과 맞서 싸웠다니, 정말 대단합니다. 혹시 좀 더 자세히 이야기를 들을 수 있겠습니까?"

"……죄송합니다만, 근무 중입니다."

"괜찮습니다. 편히들 말씀 나누십시오."

라이오스가 난색을 표했지만, 슬그머니 나타난 황태자가 웃으며 그의 어깨를 꾹 눌렀다.

"오셨습니까, 전하."

"연이어 벌어지는 사태에서 우리 기사들이 아주 큰 공을 세웠습니다. 특히 라이오스 드 윈프리드 경은 아직 젊지만 활약이 아주 대단하지요."

단장이 자리를 뜨지 못하도록 어깨를 짚은 손에 힘을 주며 칸타레스가 허허허, 웃었다. 라이오스가 슬쩍 원망 섞인 시선을 보내왔지만 당연히 무시했다.

"그렇지 않아도 라이오스 경의 명성이 저희 왕국까지 들려올 정도였습니다. 활약상을 좀 더 듣고 싶습니다만.

더불어 악신이 다시 나타났다는 이야기도, 좀 더 자세히 말씀을 부탁드려도 괜찮겠습니까?"

"라이오스 단장은 겸손한 사람이라, 괜찮으시다면 제가 대신 말씀드리겠습니다."

칸타레스가 그리 말하자 사람들은 당장 눈을 반짝이며 삼삼오오 모여들었다.

라이오스가 작은 목소리로 속삭였다.

"……전하. 외람된 말씀이지만, 이런 건 누구에게 배우신 건지……."

"누구긴 누구겠어. 자네의 자랑스러운 견습 기사지."

"……."

당연하다는 듯 돌아온 대답에 라이오스는 애써 한숨을 삼킬 수밖에 없었다.

싹, 표정을 바꿔 진지한 얼굴을 한 칸타레스가 본격적으로 이야기를 풀어내기 시작했다.

"아마 곧 동맹국들에는 공식적으로 문서화해 관련 정보를 전달할 예정입니다만, 미리 간략하게나마 말씀드리는 것도 좋을 듯합니다."

놈의 장기(長技)를 완벽하게 따라 하는 건 불가능하지만, 고지식하고 무뚝뚝한 기사단장을 띄워 주는 것 정도야 충분히 가능했다.

'놈은 연극이니 뭐니 말했지만.'

그런 거창한 연유를 갖다 붙일 것도 없이, 원래 정치라는 게 그런 거였다. 세 치 혀로 사람을 구워삶고, 제가 원하는 것을 캐내는.

그리고 한발짝 물러서서 그 모든 광경을 지켜보는 자가 있으니…… 바로 견습 기사, 아렌트 폰 에크하르트였다.

'잘되어 가는 것 같은데.'

사람들의 이목이 라이오스에게 몰리고 있었다.

그리고 칸타레스는 효율적인 화술로 필요한 정보를 타국의 인사들에게 전달하며, 이따금 상대방이 던지는 이야기들까지 하나하나 경청하고 있었다.

이곳에 자리한 이들은 모두 하나같이 거물이었다.

한마디 한마디가 모두 정보가 될 수 있었다.

'라이오스 단장이 쓸데없는 소리를 할까 봐 좀 걱정하긴 했는데.'

그것도 기우였던 모양이다.

라이오스는 불편한 기색을 보이면서도 황태자의 말에 고개를 끄덕이거나 때때로 첨언하는 것으로 제 역할을 다 하고 있었다.

고지식할지언정 아둔한 인물은 아니었다.

제가 한 일이 아닌 것까지 자신의 공으로 치하받는 상황이 썩 마음에 들지 않는 눈치였지만, 그게 아렌트의 의도임을 알아차린 것이다.

자신이 시선을 끌어모아야만 아렌트가 좀 더 자유롭게 움직일 수 있다는 사실을 아는 거겠지.

'그런 희생정신이야말로 주인공답지.'

모든 게 다 순조로웠다.

……딱 하나만 빼고.

"야, 너 진짜 무서운 놈이네."

"뭐가요."

"저기에서 네 이야기는 쏙 빠져 있잖아."

어느새 옆으로 다가온 르웰린이 감탄을 터뜨리기 시작한 거였다.

아까부터 졸졸 따라다니며 나불대는 녀석이, 솔직히 귀찮기만 했다.

"뭐, 그렇죠. 저는 저런 거 별로 안 좋아해서."

"그러면 뭘 좋아하는데?"

"돈."

한 치의 망설임도 없이 돌아온 대답에 르웰린이 낄낄 웃음을 터뜨렸다.

"뭐야. 엄청 솔직하잖아?"

"나서는 것도, 관심받는 것도 좋아하지만 안 맞는 옷은 입기 싫습니다."

아렌트가 손을 휘휘 내저었다.

"저보다 단장님 쪽에 가 보셔야 하는 거 아닙니까? 드래곤을 쓰러트린 사람이 궁금하다면서요."

"라이오스 단장도 물론 대단한 사람이지만 언젠가 따로 대화할 기회가 있겠지."

르웰린은 손에 든 샴페인을 단번에 들이켰다.

"안 맞는 옷이라…… 난 그렇게 생각 안 하는데. 정말로 직접 나설 생각은 전혀 없어?"

"당연합니다. 더럽고 치사한 짓거리를 해 대기엔 그림자 아래가 좀 더 적합하거든요."

주인공이 스포트라이트를 받을 때 조연이 할 일은, 무대 구석의 그림자에서 가만히 숨을 죽이는 거니까.

이 이야기의 주인공은 어디까지나 라이오스다.

"그러니까 그만 따라다니시죠. 근무 중입니다."

황실 기사단은 귀빈들의 호위 명목으로 연회 자리에 참석 중이었다. 그런데 타국의 왕자가 아렌트 뒤만 졸졸 따라다니고 있으니, 이쪽을 이상하게 보는 시선들도 하나둘 늘어나고 있었다.

"싫은데? 내가 왜. 어차피 이제 거리낄 것도 없겠다, 나 하고 싶은 대로 할 거야. 아, 술 한잔할래?"

"근무 중이라는 말 못 들으셨습니까? 거리낄 거야 뭐, 지금 이 자리에서도 당장 만들어 드릴 수도 있는데. 어차피 미친놈이라고 소문났으니 여기에서 소란 피우는 것 정도야 일도 아닙니다."

"진짜 여러모로 대단한 자식."

그 말이 농담처럼 들리지 않는다는 게 무서웠다.

아렌트는 르웰린에게서 신경을 꺼 버리고 다시 연회 현장 쪽을 바라보았다.

화려한 홀에, 온갖 보석으로 치장한 신사 숙녀들. 그리고 최고의 연주자들이 만들어 내는 단정한 음악 아래에서 환담을 나누는, 전 세계에서 모여든 귀빈들.

'좋네.'

특히나, 언제 사고 칠지 모를 빌어먹을 놈을 보는 선배들의 눈빛과…… 꺼림칙한 물건이라도 발견한 것처럼 급하게 외면하는, 몇몇 낯익은 귀족들의 쩔쩔매는 얼굴들이 마음에 들었다.

그때, 홀의 입구가 소란스러워졌다.

아렌트와 르웰린 역시 고개를 들고 그쪽을 보았다.

"황제 폐하께서 입장하십니다. 모두 예를 갖추시오!"

문 가까이에 있던 이들이 급하게 몸을 숙였다.

르웰린도 재빨리 술잔을 내려놓고는 자세를 바로잡았다.

곧 황제가 한 무리의 수행원을 이끌고 홀에 모습을 드러냄과 동시에, 가장 앞에 나서서 황제를 맞이한 것은 당연히 칸타레스였다.

"칼리온 제국의 주인, 황제 폐하를 뵙습니다."

그가 먼저 예를 표하자, 내부에서 연회를 즐기던 다른 사람들 역시 가슴 위에 손을 얹고 허리를 숙여 예를 취했다.

아렌트 역시 그들을 따라 하면서도 슬쩍 시선을 들어 황제의 얼굴을 살폈다.

'필립 알 칼리온.'

가까이에서 마주하는 것은 이번이 처음이었다.

인자한 미소가 드리운 얼굴에 세월을 자연스럽게 받아들인 주름이 보였다.

결 좋은 검은 머리칼과 푸른 눈동자는 칸타레스가 고스란히 물려받은 것 같았지만, 아직 젊어 가끔 고압적인 분위기를 풍길 때가 있는 황태자보다 부드러운 분위기를 가지고 있었다.

"편안하게들 있게. 방해하고 싶은 생각은 전혀 없으니."

사람들을 달래는 어조 역시 그랬다.

예를 올리는 귀빈들을 부드럽게 만류한 황제는 마치 누군가를 찾듯 홀을 찬찬히 둘러보았다.

그리고 잠시 후, 군주의 시선이 한쪽에 고정되었다.

"어?"

곁에 있던 르웰린이 얼빠진 소리를 냈다. 아렌트 역시 약간의 의아함을 담아 살짝 눈썹을 구겼다.

인자한 미소를 띤 황제가 이쪽을 똑바로 바라보고 있었다.

계획대로 잘 흘러가던 차에, 뜻밖의 일이 벌어진 순간이었다.

* * *

'착각이면 좋을 텐데.'

안타깝게도, 존경스런 황제 폐하께서는 그런 바람을 전혀 들어줄 생각이 없는 것 같았다.

주변 사람들 역시 황제의 시선이 닿은 상대가 누구인지 알아차리고는 의아한 얼굴을 했다.

"……저 젊은이는 누구지?"

"3기사단의 견습 기사라고 합니다."

타국의 귀빈들이 수군대는 소리가 듣고 싶지 않아도 들려왔다.

르웰린이 아렌트의 옆구리를 꾹 찔렀다.

"눈에 안 띄기는 틀린 것 같은데?"

"……."

말 그대로였다.

설마하니 이런 상황은 상정 못 했었다.

설상가상으로 황제가 이쪽을 향해 성큼성큼 다가오기 시작했다.

눈치를 보던 르웰린이 슬그머니 옆으로 물러나고, 아렌트와 황제 사이에 있던 다른 사람들 역시 길을 비켜 주었다.

덕분에 아렌트와 황제 사이에는 사람으로 만들어진 길이 뻥, 뚫려 버렸다. 황제 역시 그런 배려를 사양하지 않고 성큼성큼 걷더니, 이내 아렌트 바로 앞에 멈춰 섰다.

"……황실 제3기사단 소속, 아렌트 폰 에크하르트가 황제 폐하를 뵙습니다."

잠깐 멈칫한 아렌트가 가슴 위에 손을 얹고 고개를 숙였다.

그러자 황제가 겸연쩍게 웃었다.

"미안하군. 이럴 생각은 아니었는데. 반가운 마음에 그만 먼저 몸이 움직였다네. 아까도 말했듯, 지금은 편한 자리이니 과한 예는 거두고 고개를 들게나."

황제의 푸른 눈동자를 가만히 마주 보자니, 마치 깊은 바다가 떠오르는 것 같았다.

그 시선에서 느껴지는 건…….

'호기심?'

강단 있는 황태자와는 확실히 다른 분위기의 소유자였지만, 얼핏 보이는 장난기에서 두 사람이 핏줄임을 알 수 있었다.

"송구한 말씀이나, 폐하를 직접 알현하는 것은 이번이 처음으로 사료됩니다."

"그래. 하지만 최근, 내 귀에도 그대 이름이 종종 들려와서 말이야."

"……."

황궁에서 해 먹은 게 많긴 했지. 지금껏 물 먹은 귀족은 몇이고, 또 뒷목 잡게 만든 이들은 몇인가.

아렌트가 떨떠름하게 대답했다.

"썩 긍정적인 풍문은 아니었을 거라고 생각됩니다. 오히려 폐하의 귀를 어지럽혔을 것 같습니다만."

"하하. 원래 세상사 다 그런 것 아니겠나. 덕분에 이 늙은이는 근래 제법 즐거웠다네."

황제가 장난꾸러기 같은 미소를 지었다.

하긴, 당한 사람이야 환장할 노릇이래도 한발 떨어져서 구경한 사람은 얼마나 재밌었겠냐마는.

관객에게 박수를 받은 기분이 썩 나쁘지 않았다.

아렌트 역시 씨익, 웃었다.

"즐거우셨다니 다행입니다, 폐하."

"앞으로도 황태자와 잘 어울려 주게. 요즘 그 애도 꽤 즐거워 보이더군. 아, 이런. 젊은이를 너무 잡아 뒀구먼. 자네도 즐겨야 할 터인데. 다음에 따로 이야기 나누세."

툭, 가볍게 아렌트의 어깨를 두드려 준 황제는 곧장 걸음을 돌렸다. 대기하던 수행원들이 우르르 그의 뒤를 따라 움직였는데, 몇몇은 호기심을 참지 못하고 아렌트 쪽으로 시선을 돌리기도 했다.

'따로 이야기 나누자고?'

무슨 얘기를?

칸타레스와 라이오스가 있는 곳에 합류해 환담을 나누는 황제를 지켜보던 아렌트는, 옆에서 불쑥 들려온 목소리에 퍼뜩 정신을 차렸다.

"야, 무슨 일이야? 폐하께서 왜 널 찾으셔?"

"저 구경하시면서 제법 즐거우셨다던데요. 앞으로도 종종 사고 쳐 달라고 말씀하셨습니다."

"……여기에서 더?"

질색하는 아서를 일별한 아렌트는 다시 황제 쪽으로 눈길을 주었다.

화제는 다시 자연스레 악신과 그에 맞서는 라이오스 쪽으로 흘러가고 있었다. 그런 중에도 칸타레스와 라이오스는 여간 신경이 쓰이는 게 아니었던지 이쪽을 힐끔대고 있었지만.

라이오스와 눈을 마주친 아렌트가 그냥 어깨를 으쓱해 주자, 그제야 단장은 안심하고 다시 황제와의 환담에 집중했다.

'내가 간과했군.'

황궁 제일 깊이 있다지만, 동시에 가장 높은 곳에서 모든 것을 내려다보는 사람이 바로 황제였다. 아마 지금까지 자신이 벌여 온 일들도, 전부는 아니겠지만 대부분 알고 있겠지.

'제대로 된 관객이 있었다니.'

게다가 아무래도 황제는 자신이 하는 일을 방해할 생각은 추호도 없는 것 같았다.

슬쩍 입꼬리가 올라갔다.

박수 칠 줄 아는 관객은, 그리고 무엇보다 무대를 지켜볼 줄 아는 관객은 언제나 환영이었다.

뜻밖의 강력한 아군을 얻은 기분이었다.

* * *

며칠에 걸친 행사와 연회가 모두 끝난 뒤에도 르웰린은 자국으로 돌아가지 않았다.

시종장이 이제 복귀해야 한다며 사정사정했지만 들은 척도 하지 않았다.

"아, 난 제국에서 할 일이 좀 있어서. 먼저 귀국하도록 해."

"왕자님!"

"괜찮아. 아버님도 이해해 주실 거야. 그것보다 정말 먼저 안 가 봐도 돼? 왕궁에 전해야 할 소식이 있을 텐데."

"……."

그 말에 시종장이 입을 꾹 다물었다.

연회에서 이야기를 풀어놓은 뒤, 칸타레스는 미리 예고

했던 대로 공식 문서를 배포했다. 거기에는 지금까지 '부서진 심장의 검'이 보인 행보와, 지금까지 알아낸 체르니온교 쪽 정보가 소상히 담겨 있었다.

제국을 방문한 귀빈들은 황실에서 준비한 답례품들과 함께 악신교 소식을 한아름 안고서 자국으로 돌아갔다.

"그러니까 얼른 돌아가 봐. 난 알아서 복귀할 테니까. 아, 좀 더 걸릴지도 모르고. 아버지께는 알아서 잘 말씀드려 줘."

결국 시종장은 울며 겨자 먹기로 왕자를 둔 채 황궁을 떠날 수밖에 없었다.

자초지종을 모조리 전해 들은 칸타레스는 지끈대는 이마를 부여잡았다.

"……그래서 제국에 혼자 남았다고요?"

"넵! 혼자는 아닙니다. 개인적으로 부리는 녀석들이 곧 제국에 도착할 거라서요. 그 녀석들과 동행할 예정입니다. 아, 참. 왕국에는 비밀로 해 주십쇼! 아버님과 형님들은 그놈들 존재를 아직 모르시니까요."

칸타레스가 황당하게 묻는 말에 르웰린이 해맑게 대답했다. 그 옆에는 모르는 척, 딴청을 부리는 아렌트가 서 있었다.

골치가 아팠다.

에버란 왕국에는 또 어떻게 사죄해야 할지.

하지만 이 사태를 만들어 낸 장본인은 그저 천연덕스럽기만 했다.

"야."

"……."

"황태자가 부르면 대답을 해야지, 이 빌어먹을 견습 기사야."

"왜요."

딱 한마디로 사람 속을 뒤집어 놓는 것도 재주라면 재주였다. 하지만 칸타레스는 초인적인 힘을 발휘해 분노를 꾹꾹 눌러 담았다.

"뭘 어쩔 셈이야?"

"알아서 하겠습니다. 늘 그랬듯. 그러니 신경 안 쓰셔도 됩니다."

"맞습니다. 황태자 전하께서는 개의치 마시죠. 어차피 왕궁에서도 반쯤 내어놓은 자식 취급받고 있습니다. 별로 놀라시지도 않을 겁니다."

"왕자도 조용히 하시죠."

"옙."

칸타레스의 한마디에 르웰린이 당장 닥쳤다.

황태자의 시선이 다시 아렌트에게 가 닿자 견습 기사가 입을 열었다.

"분위기는 어땠습니까?"

"네가, 아니. 우리가 의도한 대로 됐어. 라이오스 단장은 완전 영웅이 됐고, 다들 본국으로 돌아가서 악신에 대해 떠들어 대겠지. 드래곤을 전시한 게 제법 효과가 컸던 모양이더라."

직접 사냥한 드래곤 앞에서 악신 이야기를 하니, 의심할 사람은 아무도 없었다. 방문객들은 모두 과거 초대 황제, 영웅 칸과 루체 신에게 은혜를 입었다고 자처하는 이들이니…….

그 속이야 어떻든, 적어도 당분간은 칼리온 제국과 뜻을 같이하겠다고 나서는 것 외에는 선택지가 없을 것이다.

"그래서 이제부턴 어쩔 건데, 아렌트 경?"

"어쩌긴요. 또 움직여야지. 자세한 이야기는 다른 분들이 오신 뒤에……."

아렌트의 말이 끝나기도 전.

똑똑.

정중한 노크가 들려왔다.

"아, 오셨네."

"젠, 나가 봐."

"네."

제레온이 문을 열어 주자, 노이만 상단주와 슈타들러 백작, 그리고 체격이 큰 한 남자가 모습을 드러냈다.

"노이만 덴 이스트가 황태자 전하를 뵙습니다."

"오랜만이군, 노이만 상단주. 그리고…… 그쪽은 워렌이랬던가?"

노이만을 따라온 남자, 워렌이 공손하게 고개를 숙였다.

"인간의 예법은 잘 몰라서, 죄송합니다."

"괜찮아. 저기, 예의라고는 시궁창 바닥에 처박아 버린 놈이랑 매일 얼굴 맞대고 사니까."

칸타레스가 아렌트 쪽을 턱짓하자 워렌이 알 만하다는 듯 고개를 끄덕였다.

잠시 후, 라이오스까지 황태자의 집무실에 합류한 뒤 본격적인 회의가 시작되었다.

"일단은 소개해 드리고 싶은데요. 이쪽은 르웰린 왕자님. 지금은 탐험가 자격으로 여기 모셨습니다."

"……모셨다니. 정중하게? 네 성격에?"

"다소의 협박이 오가긴 했지만 유혈 사태는 안 벌어졌으니까. 그 정도면 정중하다고 할 수 있지 않나?"

"그거 아니다."

워렌이 떨떠름하게 묻자 아렌트가 뻔뻔하게 대꾸했다. 가만히 듣던 라이오스가 지적했지만 망할 견습 기사는 들은 척도 하지 않았다.

"그리고 저쪽은 워렌. 웨어울프입니다. 얼마 전에 유기

된 걸 주워서 노이만 상단주께 분양했습니다."

"웨어울프?"

그 단어에 역시나 격하게 반응하는 왕자였다.

"황궁에 웨어울프가 왜 있어?"

"주웠다니까요. 어쨌든, 그건 중요한 게 아니고."

거기에서 말을 딱 자른 아렌트가 화제를 돌려 버렸다.

"바로 본론부터 이야기하겠습니다. 이제부터 드래곤의 레어를 찾아야 합니다."

"뭐?"

"그 덩치 큰 파충류가 지내는 곳을 알아내야 한다고요."

갑작스러운 말에 그 누구도 선뜻 입을 열지 못했다.

잠깐의 침묵 후, 르웰린이 진지하게 운을 뗐다.

"드래곤의 레어가 발견된 사례는 물론 있어. 하지만 거의 다 주인이 죽거나 떠나서 방치된 상태였지. 실제로 드래곤이 거주 중인 레어는 찾을 수 없었어."

"어째서입니까?"

"드래곤은 마법에 능통해. 보통 자신이 지내는 레어는 몇 겹의 마법으로 감싸 숨겨 놓는대. 게다가 아예 출입구조차 만들어 놓지 않는 경우도 있어. 텔레포트 마법으로 드나들면 되니까."

"호오."

아렌트가 무감하게 고개를 끄덕였다.

"잘 아시네요, 왕자님. 그렇다면 레어는 보통 어디에서 발견됩니까?"

"어? 그야……."

갑작스러운 질문에 잠깐 뜸을 들이던 르웰린이 하나하나 손가락을 꼽기 시작했다.

"보통 인적이 드문 산속이나 금맥이 있는 곳이 많지. 깨끗한 마력이 모인 장소를 선호한다고 하니까. 기록에는 바닷속에도 드래곤 레어가 있다고들 하지만, 여긴 인간이 침범할 수 없는 영역이고."

"아하."

가볍게 고개를 끄덕인 아렌트가 슈타들러 백작 쪽으로 시선을 던졌다.

"그런 곳, 한 군데 있지 않나요, 백작님?"

"……."

백작은 쉽게 대답하지 못했다. 다른 이들 역시 표정이 묘해진 것은 마찬가지였다. 상황 파악을 하지 못한 건 워렌과 방금까지 주절대던 르웰린뿐이었다.

"있군."

"있습니다."

"그러네요."

차례로 칸타레스, 라이오스, 그리고 제레온의 말이었다.

르웰린은 멍청하니 눈을 끔뻑이며 사람들을 둘러보았다.

"있다니요? 어떤 것 말씀이십니까?"

"사실 저도 좀 긴가민가하긴 한데, 몇 가지 조건은 딱 맞아떨어져서요."

뒷목을 쓸어내린 아렌트가 차분한 음성으로 하나씩 나열했다.

"입구가 따로 없었고, 마력이 많다 못해 차고 넘치는 광산…… 게다가 전쟁 이전의 서적이나 물건들이 남아 있던 유적까지."

"……."

"아무래도 코앞에 있던 걸 놓친 것 같지 않아요?"

체르니온 교단이 소유했다가 지금은 슈타들러 백작의 연구실이 된, 마정석 광산이었다.

(배신 기사의 유쾌한 신의 6권에서 계속)